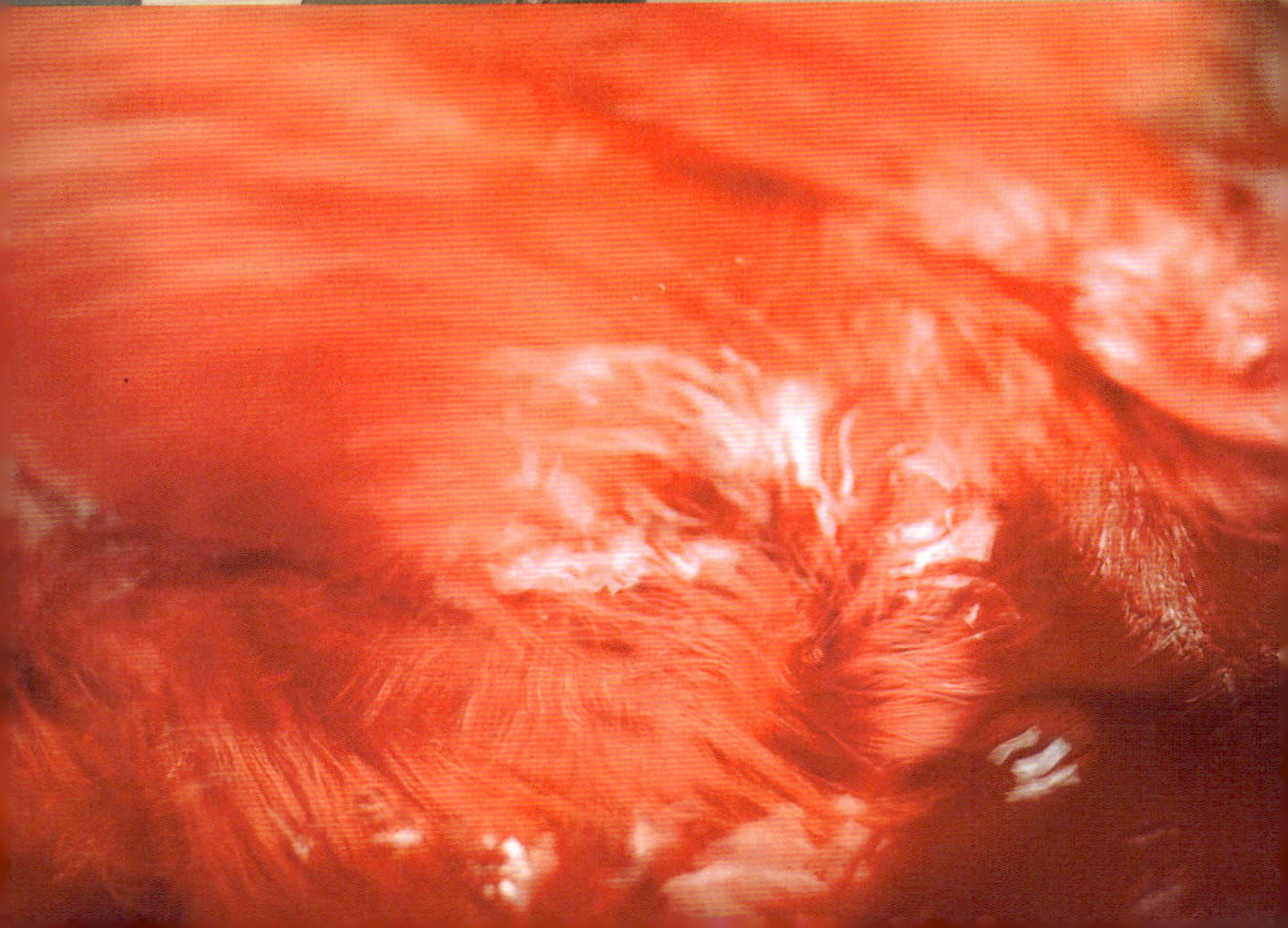

目次

II

ちくま文庫

ちよう、はたり

志村ふくみ

筑摩書房

口絵写真　井上隆雄
目次写真　矢幡英文

ちよう、はたり

ふと人は遠い昔を思い浮べることがある。自分の生れていない遠い世のことまで。かすかな機《はた》の音と、近づく春の雨音をききながら、その奥に、「ちよう、はたり」「ちよう、はたり」という音を聞いたような気がした。

それが、「とん、からり」「とん、からり」という吾が機舎《や》の音ではなく「ちよう、はたり、はたり、ちようちよう」とは。思う瞬間浮んできたのは――時雨にけむる夕刻の、上賀茂社家のうす暗い土間に石油ランプを灯して織っている三台の機。その間から聞えてくるようなのである。

もう八十年近く前のことになるのだろうか、柳宗悦がはじめて京都に上賀茂民芸協団という民芸運動をおこした頃、上賀茂の社家の奥で藍に爪をまっ青にして熱にうかされたように「ちよう、はたり、ちようはたり」と機を織っている青年がいた。まだその頃、日本の染織史の中では、正倉院から昭和初期まで、王侯貴族の着用する絢爛たる装束、小袖能衣裳をはじめ、せいぜい中流以上の社会の人々が身にまとう衣裳しか世に問われることはなかった。まして庶民がほころびるまで着尽した普段着など、ぼろとして捨てるしか道はなかったのである。

その頃、京都の弘法さん、天神さんと呼ばれる古市には、それが決して価値あるものとしてではなく、その日を凌《しの》ぐわずかの糧《かて》にでもかえたい貧しい人々の垢じみた古着やふとん、藍染の古裂《ふるぎれ》などが片すみに並んでいた。それに眼をとめて柳宗悦が拾い上げたのが、丹波布であった。

青田五良《ごろう》はその頃同志社中学の絵画の教師をしていたが、生来裂《きれ》類が好きで、偶々《たまたま》河井寛次郎の陶芸に魅せられたのが縁で、上賀茂民芸協団に加わり、前述の織物をはじめたのである。京都中の古着屋を漁ったり、丹波の山奥に老婆をたずねて草木で染めることを習い、いざり機《ばた》、糸つむぎから、古着を裂いて織るぼろ織まで全くの独学で、道なき道を歩みはじめたのである。屑繭《くずまゆ》やぼろ裂で青田は美を創造する道をえらんだ。王朝の都の片すみ、しかも上賀茂社家の白壁の奥でそれがはじまったのである。

屑繭やぼろ裂が絢爛たる能衣裳の展開する雅びの世界に比肩し得る美を創造できるか、今思ってもそれは全く無謀な企てである。併《しか》し、強情、我慢、青田は体がぼろぼろになるまで織りつづけた。

その青田の傍で私の母は最初に織物を伝授されたのだった。柳宗悦のすすめで母は、青田を織物の師として学びはじめたのである。

「色なき水のさまざまに映し出す色のふしぎ、明日死んでしまう蝉の羽がなぜあんなに美しく装われているのか」などと、織の手を休めては語ったという。遺《のこ》されたわずかの裂は、ウイリアム・ブレークの本の表装とか、三国荘の飾布など、驚くばかり斬新で美しく、知性の高いものであった。それが屑繭やぼろ裂で織られたとは、到底思えない。いや、そういう素材のもつ原初的な力、機械産業におかされず、化学に分析される以前の、そのもの自身が内在する生命力を、青田は的確に把握し表現したのだと、ようやく私は強く首肯するのである。

併し化学万能の道を逆行し、衰退の一途をたどる手仕事に目をむけ、そこに自己の芸術的表現を托するには時代が少し早すぎたのか、新しい道への受難は貧困と病ばかりではなく、なぜかそれを突き崩そうとする世間の眼が青田を苛《さいな》み苦しめた。

「今はまだ暗い、誰もかよわぬ道だが、必ず誰かがあとから来る。自分は踏台になる」といって三十七歳で亡くなった。その後、母はつよくこの道を進みたいと願ったにもかかわらず当時の社会、医家、主婦、母、等々の圧力に抗しきれずこの道を断念したのである。今、私の手もとにのこされているのは、青田五良著の「上賀茂織の概念」という一冊の小冊子である。

織、染、撚《より》、糸、すべてが克明に知るかぎりの能力で誠実に記されている。母は遺された数点の作品と共に、この小冊子を宝物のように思い、断ちがたい思いを断って、納屋に機と共にしまっていたのである。それから数十年経って、私がこの道へむかうことになろうとは。なぜこんな昔語りをはじめたのだろう、「ちよう、はたり、はたり、ちよう、ちよう」という機音にさそわれて思わず筆がすべり出したのではあるが、実はやはり、書いておかねばならないことなのであろう。

まさか自分が青田のあとを継いでこの道に入るとは夢にも思わなかった。今となってみれば、まぎれもなく私は青田を祖師としてこの織物をはじめているのである。母が上賀茂の社家で青田から伝えられたものは植物染料、紬、ぼろ織のことなどであるが、その中で青田が遥か先方を見すえて孤軍奮闘、物づくりの不屈の、強情、我慢の精神を、母をとおして私に、私をとおして次の世代に伝えようとした思いを、ようやく私はつよく自覚させられている。そのことを私は、若い世代に伝えなければと思う。今、当然のこととして紬織は世にむかえられているが、昭和初期、柳宗悦の民芸運動と青田五良の出現なくしてはあり得なかったのである。

今回私は四十余年になる仕事の中から、数滴、あるいは数十滴の色のしずくを掬《すく》い上げて、平成の、今の色をとどめておきたいと願い、一冊の裂帖をつくることを思い立った。

併し、はじめてみれば数十滴ではおさまらず数百滴、あるいは無数の色の群がどこからともなく立ちあらわれ、思わぬ大仕事になっていった。もとより一人の人間が僅かの間に成し得ることなど大海の一滴にもみたないものである。併し色は色を呼び、私は水車がまわるように溢れるは溢れるにまかせ、その中の僅かの色彩をもって一帖の本としたのである。掬い上げられた色の何と僅かなことだろう、何と貧しいことだろう。流され、消えていった色は無量である。わが掌にのこった僅かの色をもって私の襲《かさね》の色目を組み合せることとなったのである。当初葛籠《つづら》の中に永い歳月眠っていた色をあつめてつくってみるつもりだったが、いざはじめてみるとほとんどが、気に入らぬものばかりだった。これは全く新しい心組みでかからねばならないという思いが次第につよくなった。移りかわる歳月、人の心、それを色が映し出さないはずはない。着物にしてもそうだった。四十年前に織ったものはまだ母の匂いがした。明治、大正、昭和を生きる辛抱づよい、慎《つつま》しい女の香りがした。縞、格子、暈《ぼか》し、絣《かすり》、残り布はいくつかの葛籠に溢れんばかり、そのうちの何点かを選んで台紙にはりつけると、隣同士、「あ、お久しぶり」なんて挨拶しながら納ってくれる。「あなたとはいや」と反撥するものもあって、出番を待った裂達がそれぞれに主張しはじめる。私はとたんにその頃があざやかによみがえって、思わず感慨にふけったりしていると、遂に出番のこなかった裂たちがぶつぶつとくりごとを言う。私はすっかり疲れてしまって、四十年ごと葛籠の蓋《ふた》をしめてほっと溜息をつくのであった。古い裂は追憶、私の日記のようなものだった。

私の掌の中で色は次第に自己を確立し、主張し、一色で立ち上ろうとする。裂でも着物でもなく、ひたすら色として、全く織物を感じさせない領域、そんなものがあるかどうか私にはわからないが、色がそれを要求する。私はその一色に全集中力をかけて立ち上らせたい。何かが迫っている予感はする。織物の領域をどうしたら越えられるか、私は色を追うしかない。色に深く染まるしかない。そして突きはなすしかない。それが今後の私の課題かもしれないと思う。

（二〇〇〇年五月）

I

はじめての着物

「もうそれ以上の着物は織れないかもしれない」と、はじめて着物らしい着物を織った時、母に言われた。ひとは一ばんはじめの作品ですべてわかる、とも言われた。その時はさして気にもとめなかった。併《しか》し、今、四十年近く経ってみてやはりそのことを思う。もう少し曲折のある複雑な意味で。それ以上とか、以下とかいう問題ではなく、もし人に、一生の間にする仕事の範疇とか、内容とか、分量とか、そのすべてを含んで、やるべき仕事というものがあるとすれば、その出発点において帰着点がどこかにさだめられているのではないだろうか。勿論《もちろん》本人は全く無意識でしていることではあるが、一つの円の上を螺旋形のように廻りながら、どんなに思いがけない発見や、飛躍があるとしても、また反対にどんなに挫折や、障害があるとしても、そういうものをすべて包含しつつ、仕事をしてゆくべく出発したのだという気がする。

はじめての着物について語ろうとして、妙な前置きになってしまった。

併し私にとって、「秋霞」という着物はまさにそういう着物なのであった。

昔、農家では自家用の織物の残った糸を丹念につないで織ったものだ。それをボロ織とか、屑織《くずおり》とか言った。藍や白や茶や紫などさまざまの短い糸がつながれ、絵具でも出せないふしぎな立体的な抽象絵画のような織物だった。それは時として、秋の夜空に無数の星屑がまたたくようであり、濃紺の空に霞が徘徊するようでもあり、無作意の中にいきいきと自然の一瞬がとらえられているのであった。

昭和初期、民芸運動をはじめられた柳宗悦先生にお伴をして、母は屢々《しばしば》天神さんや弘法さんで丹波布やそれらのボロ織を買ってきて、大切にしていた。もとより世間ではボロ織はボロ織で何の価値もなかったが、「きれいな裂《きれ》やな、いつかこんなものを織ってほしい」と、後に母は私に言っていた。

木工家の黒田辰秋さんもその頃のお仲間で、ボロ織の大好きな方だった。

その頃から約三十年ほど経って、昭和三十四年頃、私がはじめて織物をやり出した時、黒田さんに、「ボロ織を新しく編曲して、現代音楽にしてみませんか」といわれた。もとより私がその時、最も心ひかれていたのは藍のボロ織だったから、やってみようと思った。新しい糸で、新しい意識で。併し編曲はなかなかうまくいかなかった。昔の人は残り糸を惜しんで謙虚に慎《つつま》しくそれを織ったのだ。美しいものを織ろうとか、芸術とか考えてもいなかった。そんな作意は全くなかった、それ故に美しいのだ。

「求美則不得美、不求美則美矣」

美を求めれば美を得ず、美を求めざれば、美を得る。（白隠禅師著語）

まさにそうなのだ。併し私には作意がある。残り糸をいとおしむ謙虚な心はもうない。どうすればよいのか、やればやるほど空々《そらぞら》しい。糸が輝かない。いきいきしない。もう駄目かもしれない。現代の人間にそれは不可能か、と思った時、無作意を逆に作意に徹底するしかないと思った。美しいものをつくるとか、美を求めないとかいうことも忘れて、私はひたすら杼《ひ》を動かした。すると何か胸の中がふっと開けて、するすると私は糸を繰り出していた。濃紺の夜空に無数の銀白色の線が飛び交い、霞が流れ、霧が立った。織はリズムを得て、音色を呼びこんでゆく。作意も無作意もない。ものが生れてくる。ほとんど一気に織り上げた。衣桁《いこう》にかけて、その着物を眺めた時、前述の母の言葉だった。なぜ母が咄嗟《とっさ》にそんなことをいったのか、私と作品が最も近く、すれすれの距離にいたことを母の直観で感じたのだろうか。
「秋霞」と名付けた。今思いかえしてみても、あれほど自分と作品が接近したことはなかったかもしれない。その後さまざまの作品を織った。併し、ふしぎなことに、大体十年ぐらいの周期で「秋霞」の周辺にかえってくる。勿論年をかさねて、幾らか変化してきてはいるだろう。読みも深くなり、技巧も少しはうまくなってはいるだろう。併し、根本において私はその周辺を離れていない。今も私は何が一ばん好きかと問われれば、濃紺の夜空に無数にまたたく星屑のような織物、と答えるだろう。

その後、この「秋霞」は論議を呼んだ。

当時民芸展に出品していた私は、柳先生より、この着物が民芸の道からはずれたこと、従ってあなたはもう民芸作家ではないという、半ば破門のような宣告をうけた。私は柳先生の、「工芸の道」の精神より出発し、唯一の師と仰ぐ方からそのような言葉をうけたのだったから、衝撃は大きかった。前途まっ暗な気持だった。併し、翻然と胸に湧くのは、もはや民芸と呼ばれる領域の無作意にもどることはできないということだった。柳先生は、そのとき「名なきものの仕事」ということをいわれた。私はあの時の、作意と無作意の内的葛藤を思い起した。自覚することは避けられない。もう意識なしに仕事はできないのだ。むしろそれが稀薄なことこそ悩むべきではないか。私はあのボロ織を梃《てこ》にして、新しい織物を、抽象的美意識を導入したのではないだろうか。勿論当時、そんなおこがましい考えを持ったわけではない。

四十年近くたった今、来《こ》し方をふりかえり、時代の推移を思うのである。今はもうあんなことで悩む作家はいないだろう。併しあの当時、山野に放り出されて、一匹狼になった気がした私が必死で考えたことだった。思いっきり、自分のやりたいことをするのだと心に言いきかせた。併し、そこにも多くの、問題が待ちかまえていた。伝統という重苦しい枠、手仕事という窮屈な世界、それらの中で自分に枷《かせ》をはめずに自由に仕事をすることは至難な道だった。そのことはいずれ次回にゆずろうと思う。

（一九九五年五月）

現代における荘厳とは

雨の日が続く。桜をみ送り、藤も散りはじめると、緑はますますしたたるばかりである。傘をさして谷の奥までゆく。光のとぼしい森の下草の中につくばね草が咲いている。地味な花が日の光をつつんでいるようだ。そんな世相ののどかない森の中にいると、どこか不気味な緑に侵蝕されそうな気がする。つい二、三日前東京での展観を終えて帰ってきたばかりの落差のせいか、思ってもみなかった自然の繁殖力を怖《おそろ》しくさえ感じる。都会の異様な緊張と喧噪と、森の静寂《しじま》のはざまにあって、何の仕事か、重い伝統の裳裾をひきずって——。

ずっと十年程前から、伝統ということの真の意味も考えず、漠然とその中に身をおいている自分に懐疑的だった。自分自身に決着をつける時期が来ていたのだろう、昨年、三十数年身をおいていた会から退会した。その会に所属していようといまいと、それが問題ではなく、それを一つの契機として、年をかさね、のこり時間の少なくなっている自分にはめられている枷《かせ》をすこしでもはずして身軽になっていたいと思ったのかもしれない。

ようやく伝統という正体をしっかり見きわめておきたいと思ったのか、少し客観的に、或《あるい》は自由に考えられるようになってきたのではないかと、思う。

小林秀雄の言葉に次のようなものがある。

「頭脳的には知る事の出来ない年齢と頭脳の摑む事の出来ぬ形との間には深い関係がある様である。そういう処から、私は伝統というものを考えようと努めて来たから、伝統主義者の主張など、嘗《かつ》て納得のいった例しがない。伝統という観念も虚偽であるし、伝統的思想という様なものもありはしない。ただ、過去を思い出す上手下手という事があるのだ。上手に思い出すとは過去が見えて来る、或る形として感じられて来るという事である。伝統とは習慣の様に、誰もそのなかにいるという様なものではあるまい。寧《むし》ろ、各人がその能力に応じて創り出す過去の形であろうが、その形は誰にも定義する事が出来ないのである」（「年齢」昭和二十五年）

過去を上手に思い出すとはどういうことだろう。何かを思い出す時には必ず心がそこへ通う、感情が湧く。水脈のようなものが暗闇から浮び上り、その彼方に見えてくる世界がある。我々は伝統という言葉でひとくくり出来ないような逃れようのない深い流れの中に生きている。否定し、反抗し、その流れから飛び出そうとしても命綱がついていて再び連れ戻される。次第に綱をながく延ばし、いくらか自由に操《あやつ》れるようになった時、伝統が水脈のように此岸と彼岸を結んでいることに気づかされる。

先日奈良の博物館で、「日本仏教美術名宝展」を観た。飛鳥、奈良、平安、鎌倉の仏像、仏画、書跡、絵巻、経巻等々、日本美術の源泉とその頂点を思わせる稀有な展観であった。百済観音、中宮寺弥勒菩薩、鑑真和上の前に立ちつくし、その慈雨のような霊気に打たれている人々の姿をみた。かくも黙示録的世界に曝《さら》された現世からやってきて、もし人目がなかったら思わずその前にひざまずきたい人もいただろう。

両界曼荼羅《まんだら》(子島寺)の紺綾地に金銀泥で描かれる諸天を彩る装飾の、想像を絶する荘厳《しょうごん》、先に京都博物館で観た東寺の両界曼荼羅の緑、赤の絢爛たる荘厳と双璧と思われたが、曼荼羅のみにかぎらず、仏像における天蓋《てんがい》、瓔珞《ようらく》、比礼《ひれ》(うすい衣)、平家納経等における料紙の切箔《きりはく》、雲母《きらら》、野毛、見返し絵、水晶の経軸にいたる細部まで、かくも荘厳せずにはいられない美意識、平安貴族の栄華を極めた時代だったと片づけてしまうわけにはいかない。

これほどまで美を追い求めずにはいられない、いいかえれば、仏像を、経文をここまで飾りに飾らずにはいられない、それが決して虚飾ではなく、荘厳にまで高められていることに思い至る。平家はみずからの滅亡を予知してのことか、「海の中にも都の候ぞ」と入水するその直前に厳島神社に納経をすませている。法華経、華厳経がこの時代に民衆の中にまで深く浸透していたことを思えば、逆にそれほど現世は有為転変の烈《はげ》しい修羅であったのだろうか。小林秀雄が〝現代人には、鎌倉時代の何処《どこ》かのなま女房ほどにも、無常という事がわかっていない〟といったように、その頃の人は無常と深くつき合っていたのだろうか。現在、平成七年に入ってからの日本は、脳裡の片すみにさえなかったサリンとか、毒ガスとかに今すぐにも見舞われるという状況にある。時代の意識は荘厳などとは全く無縁の、省略、機能、合理に向っている。若《も》し現代の仏像に仮に装飾をほどこせばほどこすほど、それは目もあてられない虚飾になるだろう。

それはすべての美術にいえるかもしれない。近代に抽象芸術の生れたのも必然のことであろう。真の意味の伝統はその水脈を絶たれている。博物館を出て、春日大社の森にさしかかった時、連れの若いひとから語りかけられた。

「今の時代に生きて、我々はあの御仏達《みほとけ》から何を語りかけられているのでしょう」と。「叡智、認識すること」私は答えあぐねて、そんな言葉しか浮んでこなかったが、果して、「何を目標に生きてゆくのか」と目前の世紀末的現象をみつめて模索している若者に、それは答えになっているだろうか。そんな抽象的概念など何の役にも立たないこともよく知っている。むしろ、水脈の枯れた伝統を前にして呆然《ぼうぜん》としているのは私である。併《しか》しどこかであの荘厳の鈴の音《ね》が響いている。

古代の人々が描きのこした経巻や蒔絵螺鈿《らでん》の唐櫃の中に飛ぶ千鳥や蝶や、葦や鹿に、私は草木国土悉皆成仏の世界をみている。目前の夢かとみまがう仏教美術の華々は、我々にとって幻想だろうか。一縷《いちる》の水脈は今もかよっていると信じたい。

（一九九五年七月）

歌ごころ・色

雪が霙《みぞれ》にかわったかと思いつつ目覚めた。今朝、藍を染める。「雪の中ではじめて」と若い人がいう。冴えている。藍も必死のようだ。余分なものはすべて寒の水で洗いさらされ、真向《まっこう》な色になっている。

人も厳しい環境では冴えるか、とふと思う。すでに一ヶ月余、濃紺から浅葱《あさぎ》まで藍のグラデーションは竿に干され、出を待っている。私は機《はた》を織りながら時折、チラッとそこへ目をやる。呼んでいる、と思う。

人気《ひとけ》のない夜、外から帰って織場に入ると、まず色の群へ目がゆく。挨拶のようなものだ。空間に充《み》ちた妖しい色の誘《いざな》いだ。

私は目に入る範囲に常に色をおいておく。

過ぐる秋、野に実る草や木の実を染めていて、突然「古今《こきん》」という思いが体を走った。

体の中で琴が鳴るようだった。橡《つるばみ》の灰褐色、蘭《あららぎ》の暗紫色、冬青《そよご》の淡朱色等々どの色ひとつをとっても、「……野なかの水をくみ、秋萩のしたばをながめ、あかつきのしぎのはねがきをかぞへ……」の中へおのずから溶け入って、「歌のこころをしろしめし……」という色合いなのである。色が千年の時空を越えてここにあるということはさほど不思議なことではない気がする。もし一《ひと》しずくのものであろうと古今の歌ごころが私の中に生きているとすれば、色はその衣ではないだろうか。

袖ひぢてむすびし水のこほれるを春立つけふの風やとくらむ　紀貫之

のそよ風も、春立つ今日に氷を溶かし、嵯峨野に吹いてくる。

それを私は機織をしながら、糸を染めながら感じている。昨秋から、今日この頃にかけて、早晨《そうしん》の散歩を続けているせいか、この周辺の風水が日に日に深く身に浸透する。清涼寺を起点に大覚寺、大沢、広沢の池をめぐり、後宇多天皇御陵にいたる道、渡月橋をわたり、対岸より小倉山をのぞみ、野宮《ののみや》神社の竹藪をとおってもどる道、祇王寺、化野《あだしの》を経て清滝へ至る道、等々。

晩晩秋の紅葉時には、時にその化身にまみれるかと思うほどの凄まじいばかりの朱紅の世界だった。この年にしてかほどの紅葉にめぐり合ったことはない。渡月橋上の来迎の太陽は瞬間に嵐山の紅を黄金朱に染める、さらに山中樹間は万色の朱、赤、黄、紅に輝き、私の足はよろめくばかりだった。人の眼が見て見て見尽すほどの天下の名勝は俗悪限りなく荒らされているかにみえるが、この朝霧立つ早晨の山河は一切を振りはらい、神々しく装い尽して我々の目前に立った。かほど目垢のついた山河もないであろう、かほど人々の愛でた山河もないであろう。

「志村さん、歌ごころですよ、大和ごころは」と白畑よしさんは数日前、別れぎわにささやくようにいわれた。九十歳といわれた美術史家の白畑さんは矍鑠《かくしやく》として、「まだ二十年、あなた、二十年ありますよ、勉強なさいまし」といって下さった。ありがたいことだ。いつもこの方にお会いすると心が湧く。分を弁《わき》まえ、心も身体も磨いてこられたのだろう。積年の研究になる扇面法華経の中に、或時、ふと経文と歌絵の間に字解を発見された。童児が草合せをしている絵の上に経文が書かれているのをみていると、「取草」という字に目がとまった。「おや」と思ってさらに目をこらすと、「汝者唯除如」という文字、これは草合せに負けた児が衣を脱ぐところ、裸の童子のところに書かれている。これはどうも画面のことがらと経文の字句とに結びつきがあるらしいと思われた白畑さんは、次々と五十九面の絵解き、謎解きをなさったのである。更に、それらの扇面一つ一つに万葉集、古今和歌集から選ばれた和歌が歌絵のもとしてあったというのである。もとより和歌や絵解きがどこにも書いてあったわけでも存在していたわけでもない。

すべて白畑さんの深い学識とインスピレーションによるものである。千年余りの歳月を華麗な扇面の中に眠っていた平安貴族の高雅な機知、遊心。経文と和歌と歌絵の三者が綯《な》い交わって見事な物語絵巻を展開していたのだ。人はそれを知るもよし、知らぬもよし、法華経信仰の母体として、大和ごころをしのばせていたのだと、ある時白畑さんの心に呼びかけたのは誰であろう。

「やまと歌は、ひとの心をたねとして、よろづの言の葉とぞなれにける」とは、まさにこういうことなのか、学の灯《ひ》をともしつづけていた白畑さんの研究の扉をたたき、こうして訪れた平安の女人がいたのだろうか。

白畑さんは謙虚な学究者の一人として徒《いたず》らに世に問うことはなされないが、その卓抜した見識には屡々《しばしば》驚嘆する。その消息は、御著書『扇面法華経下絵、経文字解、和漢朗詠抄下絵解』に詳しい。

今日は久しぶりに梅を染めた。梅の枝を折って釜に入れて炊き出し、一日おいて今朝、液はぽぉっと紅を帯びて透明である。白い糸が恥じらいつつかすかに酔ってゆくような感触を身体で受けとめながら、その淡紅色の糸を寒風にさらすようにして干し揚げる。

「冬の色はちがいますね」

「水にも空気にも雑菌がないから冴えるのよ」

そんな会話が水もとからきこえる。たしかにあたりをはらうように凜とした梅染の色は植物の精の色だ。「花」という花は実在しないように、「色」という色も実在しない。

今年は梅と桜をしっかり染めようと思う。

この二つの植物は、大和の歌ごころの中に、すでに官位さえあたえられていると思うほどの、おのずからなる高き位をあたえられている。その色はまさに大和の色、色そのものである。花もまた、花そのものである。

その色を言葉で表現するのはむつかしい。
意外にも、その色は身体の色である。樹間に樹液が流れているように、聖なる水が血となって身体をめぐる時の色、としかいいようがない。

（一九九五年三月）

絵だけの絵の凄さ

散りにけり、散りにけり、谷間《たにあい》に
舞いにけり、舞いにけり、中空《なかぞら》に
埋れけり、埋れけり、胸のうちに

何となくこんなことを口走って、山かいの道を歩いた。曲り道にさしかかった時、急に風が走って、前方の山肌から落葉がとめどなく散りはじめた。胸にも掌のうちにも舞い散る落葉を抱くようにしてかいくぐった。

散りにけり、散りにけり、あな、もの狂おしとつぶやきながら、こんなに無心に、惜しげもなく、谷へ谷へ、谷を埋めるかのように、散っていいのかと、併《しか》し、この華麗な光景も束の間である。渓流のそばまで下りてゆくと、すぐ足もとにむらがるように紺瑠璃《るり》と紫の玉をちりばめて野葡萄が実っている。谷からのぼる冷気で今朝こんなに冴々《さえざえ》と輝いているのか。

昨夜から胸に刺さったこの言葉がまたよみがえる。

「絵をかくことは、生きることに値すると言う人は多いが、生きることは、絵を描くことに値するか」　長谷川利行

「特集・洲之内徹――絵のある一生」（「芸術新潮」一九九四年十一月号）を読んでいて、何べんも読んでいて、何かが私の中で切り落された感じがした。

こんな言葉もあった。

「絵を描きたくなると、体がふるえてくる」　高間筆子

「絵描きは、絵の描き度い時は、いつも昼間だと思っている」

「美しきもの見し人は、早や死の手にぞわたされけり」　田畑あきら子

これらの言葉は生きものの眼のようだ。

じっとこちらを見て、針のように刺されるのだ。その針がなかなか抜けない。

併《しか》し、もう二、三日もすれば抜けたことすら忘れて、生きることに忙殺されるだろう、だから今のうちに書いておきたい。

長谷川利行のこの言葉は、描くことと、生きることの距離が次第に接近して、描くことの方が先行してゆき、生きることに刀折れ、矢尽きた人が思わず吐いた言葉ではないか。

十七、八歳の頃だったか、銀座の資生堂で長谷川利行の展覧会をみた。すごく興奮して街をぐるぐる歩き廻った。施療院か何かで死んでいったことも身近かで、その頃そういうことが身近かで、明日も知れぬ戦に日本が突入する直前だったせいか、生きることより、描くことが先だった長谷川利行のことが、滅亡へいそぐ時代の最後の光芒のように感じられた。

それから日本は、まっくらなトンネルをひた走り、やっと平和がもどってくると、そういう玉のような魂のひとはみな、ふり落されていた。むしろそれらの人は伝説になり、今や神話の中に塗りこめられようとしている。現代の人は、「絵を描くことは、生きることに値する」ということには首肯するだろう。併し、「生きることは、絵を描くことに値するか」と問えば、そんな夢みたいなことといって一笑に附されるだろう。

生きることの一部に絵を描くことがあるので、絵を描くことの一部に生きることがあるなんて狂気の沙汰だろう。

併し、この一言に芸術の無限の命題がありはしないだろうか。

洲之内さんのこういう言葉もある。

「骨の髄からの俗物である私は、酒を飲まなきゃ日常的な思考の枠の外にでられないのだ。（略）長い間私は芸術を口にしながら、芸術を本当に信じていなかったような気がする。本当の実在は芸術の世界ではなくて、現実的な日常の世界だという気が絶えずあった。やっとこの頃、芸術の世界が実在で、日常的な現実は一向あてにならない、影のようなものだという気になったのは、もしかすると、これも酒のおかげだろう」（『さらば気まぐれ美術館』新潮社　一九八八年）

酒の力で日常の世界と芸術の世界の虚と実がひっくりかえったように洲之内さんは言うが、そうでも言わなければ語れない、この方の含羞がそう言わせたのではないだろうか。「実在こそ芸術の世界だ」と最後に言わせて神様は洲之内さんを掬《すく》いとられた。「絵だけの絵の凄さ」を見せられたのもそういうことだったのだろう。

どこまで人は、生きることと、仕事を接近させ得るだろう。接近すればするほど火花が散る。肉体は傷つく、仕事が自らを食いつぶす。そして、「美しきもの見し人は、早や死の手にぞわたされけり」ということになる。併し本当に、「純粋な人はいなくなった」と言ってしまっていいのか、時代が変ったのだと片づけてしまっていいのだろうか。洲之内さんのような人がいなくなって、「一枚の絵を心から欲しいと思う以上に、その絵について完全な批評があるだろうか」「私はその絵を私の人生の一瞬と見立てて、その絵をもつことによって、その時間を生きてみようとした」と、そこまで深く絵を愛してこの人生を生きた人がいなくなって、もうこの人に見合うような絵は出て来ないかもしれない。私は洲之内さんの「絵のある一生」を読んで、自分の中にぬくぬくと生えた黴《かび》のようなものがポロリと落ちる気がした。たるんだ皮膚が収斂《しゅうれん》されたような気がした。仕事をするものとして、今の時代に、新たな意識を招きよせ、もう一ど全く異った世代の批評家、作家を生み出さなければならないのではないだろうか。すべて時代のせいだと甘えたり、絶望したり、諦めてはならない。たしかに、純粋な人なんて絵空事だ。純粋な色なんてあり得るはずはないのだ。どんな時代を迎えてもその時代の絵色はあるはずである。チューブを絞り出すようにして、時代はそれを生み出すだろう。

洲之内さんの「絵のある一生」は終った。

その残された言葉の中に、微《かす》かにのこる夕映えの余光の中に、何かが生れる予感がある。

（一九九五年一月）

ド・ロさま

天も底を衝いたかと思われる豪雨、東へ行く新幹線は不通である。それでも長崎へ行くことにした。友人が長靴を用意してくれた。福岡発の列車は水しぶきをあげて、何とか長崎に到着した。

西海の島々に忽然と建つ天主堂を訪ねて旅するのは、五島列島、平戸を経て三回目である。今回は西彼杵《にしそのぎ》半島の五島灘《ごとうなだ》に面した外海《そとめ》地方に点在する天主堂を訪ねることにしていた。沛然、また沛然、山も野も水底に沈むかと思われる雨あしに加えて、我々の車は突然濃い霧につつまれた。視界もさだまらない煙霧の中に赤い橋が浮ぶ。「この次の橋は何色だと思います」と運転手さんが聞く間もなく、前方に白い橋があらわれる。次は、ときかれ、たわむれに青い橋と答えると、そう、という間に淡いブルーの瀟洒な橋がヴェールを被《かぶ》ってあらわれた。

「ド・ロさまのお国の色です」

マルコ・マリ・ド・ロ神父は、フランス・ノルマンディ地方の生れ。一八六八年(慶応四年)、長崎の浦上地方に多くの信者が発見され、その当時、布教にあたっていたプチジャン神父が故国に布教の応援を求めて帰国し、当時二十八歳であったド・ロ神父はかねて布教願望を抱いていた東洋へ、求めに応じて遥々海を渡ってきたのだった。併《しか》し、ド・ロ神父達が長崎に到着したその日、「浦上キリシタン一村総流罪」が公布され、赴任間もなく、浦上を追放される信者が、夫婦、親子散り散りに船に乗せられ、港を出てゆくのを見送らねばならなかった。来日早々、苛酷極りないキリシタン迫害の暗黒の壁に直面せざるを得なかった。

なお長崎地方に潜伏する多くの信者のため神父達は弾圧の網をかいくぐって布教につとめ、ド・ロ神父は宗教書、祈禱書、教会暦などを印刷配布して歩いた。この印刷は日本ではじめての石版印刷である。

併しそれを読むいとまさえなく、信者達は次々流罪、旅に出たのである。信者達のいう旅とは、自分達は一点恥じなき身である、罪によって流されるのではない旅である、という信念をもって使われた言葉であるが、拷問、飢渇等々の果て、多くの人は帰らぬ旅になった。

明治六年、諸外国の圧力に屈して、キリシタン禁制の高札は撤去された。二百六十年にわたる凄絶なキリシタン弾圧は終焉した。

明治十二年、ド・ロ神父は外海地方の司牧を命ぜられ、その後七十四歳の生涯を閉じるまで出津《しゅつ》に住むことになった。村人が敬愛をこめて彩った三つの橋を渡るとド・ロ神父の建てた出津天主堂はみえてきた。重く垂れこめた空のどこから白い光を引くように、静謐《せいひつ》に、素朴に建っていた。樹々の緑も白いマリヤ像も、十字架もすべてがしとどに濡れている。

堂内にかすかに百合の香りがただよっている。今朝活けられたかと思われる瑞々《みずみず》しい花々で祭壇は飾られ、今しがたまでそれを活けていられたシスターの後姿がみえるようである。それは今まで訪れたどの天主堂にも感じられることで、祭壇に捧げられた無数の祈りに、百合はこたえて香っているようだった。

ド・ロ神父の外海への赴任は、信者達にとって想像を越える喜びだった。七代、二百五十年の時を耐えて必ずパパさまがいらっしゃる、と信じていた、ド・ロさまはまさにその人だった。

今、のこされた肖像をみると、白い長髯にかこまれた高貴な美しい面立ちの中に、ただならぬ光を発する瞳がある。烈《はげ》しい弾圧のさ中、或《あるい》は殉教も辞せず、祖国や肉親と別れ、東洋の小国に宣教を志した強靭な意志、人間を愛してやまないあふれる人間的な、純人間的な心情、あらゆる事象に積極的に立ちむかう旺盛な好奇心、それらすべてを語る瞳である。

次に訪れたド・ロ記念館でそれらのことを裏書きするような事実に出会うことになった。印刷技術をはじめとして、教育、医療を提供し、染織、縫製、メリヤス編、製粉、搾油、パン、マカロニ、うどん、そうめんの製造、等々、人々の自活の道を開き、医療班、救助院を設立するなど、信者のみならず、村の人々すべてにそれはいかに大きな恵みであったろう。フランスから私財を投じて導入されたそれらの機械や書籍、ヨーロッパの香りを伝える大時計や絵画、故国をはなれる時、母と妹が刺繍してくれたという優美な司祭服、黒塗のオルガン等々は、当時の小漁村には目をみはるものばかりだったであろう。伝染病の流行の時、「ド・ロさま薬」をたずさえた医療班の活躍はめざましかったという。村の女性達が、胸をときめかせて染織を習い、服をつくった光景がありありと目に浮ぶ。まるで私もその一員であったかのように。「女性にかなわないのは針仕事だけよ」と茶目っけたっぷりにみなを笑わせる神父の様子も浮んでくる。

「調律ができたので唱いませんか」とシスターが讃美歌をひいて下さるのに思わず声を合わせたのも、そんな心情からだったろうか。「去年、ド・ロさまの生れたお館にいってきました」とシスターは森にかこまれた宏大な館の写真をみせてくれた。「何だかここと似た風景でした」と。望郷の思いのつのるのをおそれてか、神父はめったに手紙も書かなかったという。

併し、愛する妹の死には深い哀しみの手紙をおくっている。玄武岩の小片に砂と漆《しっ》喰《くい》をまぜてつくったド・ロ壁は神父の考案になるもので、雨に濡れた壁面は抽象画のように美しかった。近くにキリシタン墓地があるとききき、傘をさして石段をのぼった。見わたすかぎりの十字架の墓標は山の上までつづき、ド・ロ神父の白い墓に、今捧げられたかのような花がおかれていた。

（一九九五年九月）

余白のこと

一週すぎると家のそこここに活けた花が精気を失う。この頃はそれでも保《も》つ方だが、山の家から嵯峨へ野の花をはこぶと、空気が違うのか薄《すすき》などみるみるほうけて輝きがなくなる。かと思うと山の水気を充分含んできたのか、野紺菊や水引草はいつまでも活々《いきいき》している。山に戻ると、先週さかんだった仙人草が野一面に玉座をひろげていたが、今は銀線状の無数の花冠が渋く、控えめである。

秋から初冬へかけて野の変遷ははげしい。落葉の陰に茸がみえかくれする。山道を赤く染めているのは栃の実だった。これはきっと心当てにしている人がいるから拾ってはいけない、と言われた。栃餅の貴重な材料である。この山家の暮しに栃餅がどんなに皆の味覚を楽しませているか、ここへ来てはじめて知った。言葉におきかえることのできない、とくに都会の人に伝えることのできにくい山の味だ。

丹念に灰汁《あく》で渋みを抜いて、その実を餅に搗き入れる。木の実の匂いのするほんのり茶がかった小豆色の餅をぜんざいに入れて食べるのは、よほど相性がいいのだろう、はじめて食べた時こんなにおいしいものがあったのかと思った。もっとも私はおいしいものに出会うと、よくこの言葉を発するそうだ。

併《しか》しこの栃餅には余韻がある。

先日、竹西寛子著『日本の文学論』（講談社文芸文庫　一九九八年）を書評で読んですぐ求めた。読みすすむうちに次第に心が開かれ、それは折り畳まれた蝶の羽の襞《ひだ》が少しずつ開いてゆくように、私の中にまだ畳みこまれた無明があってそこに光が射すようだった。和歌を一首も詠んだこともない私がここしばらく、古今集、新古今集と思い暮し、うたごころの周辺をさまよい歩いていたようであったが、この本にめぐり会えてようやく道すじが少し見えてきた気がした。しかもその道すじは思いもかけず織の道へも通じていたことに今更おどろくにもあたるまい、とは思うけれど、次の文章を読んだ時、霧雨でも降りかかるように心が動いたのだった。

「ものを読んで感銘を受けたといい、感動したという。それは読後になお揺曳する情緒の経験の外ではなく、用いられた言葉が、直接には用いられていない言葉を次々に読者の内に呼んで惹き起す快い相関現象である。質と強弱の違いを問わなければ、それは、余情、余韻の経験と言い換えてもいいだろう」というのである。著者はそれを、「『余りの心』から『余情』へ」という章の冒頭にかいているが、私がそれを読んだ夜、丁度出来上った一つの着物を衣桁《いこう》にかけて眺めていた時のことを思い出したのである。一つの作品ができた時、何を思うのかわからぬままに私は「余りの心」、すなわち余韻を求めていたのではなかったか、と思ったのだ。

そこに用いられた色の濃淡や、縞の配列の奥から、そこに用いられていない色合や風情が何とはなく見ている者の内側から誘い出される、その余白にみるひとの想いがおのずと浮び上ってくる。たとえば、このような歌、

み山には霰《あられ》降るらし外山なるまさきの葛《かづら》色づきにけり
(『古今和歌集』巻第二十　神遊びの歌)

を何どとなく口ずさんでいると、あの峠をいくつも越えた山の中に置いてきた私の小さな家のあたりが埋れるように落葉を深め、ぱらぱらとその上を霰が走っている、と

そんな想いが胸をみたす。

また、

み吉野の山かき曇り雪降ればふもとの里はうちしぐれつつ　源俊恵

を読めば、暮れ方を早めて雪空になった戸外を眺めつつ機《はた》にむかい、嵯峨のあたりも時雨ているだろうと思う。星屑《ほしくず》のようにきらめく古今、新古今の中から一ばん星、二ばん星のように私に語りかける歌はそういう歌なのである。

現実にたちもどって、歌ではなく、身にまとう着物であれば、そこにどんなに余白が必要なことだろう。着る人の想い、情感を盛る器であれば、多くを語ってならないはずだ。そんなことを若い時は決して思わなかった。ぎりぎりの表現で余白をのこすことなど考えなかった。竹西さんの本を読んでそんなことを思い知らされた。竹西さんの本はずっと昔から愛読していたが、今度の本をよんでやはり歳月の深みを思う。一章一章、熟成した果実の透徹したうまみというか、「心深く姿さびたり」という詞にふさわしい内容だった。やはり竹西さんの本で知ったのだが、昔から私は永福門院の御歌がとくに好きだった。古今、新古今の時代を創造したやまとうたが再びこれに匹敵する歌の栄えをみせることはなかったけれど、少し下った時代に編まれた玉葉、風雅集の中の門院の歌は際立ち、静かな独自の歌風をみせていると竹西さんは言う。

入相の声する山の陰暮れて花の木の間に月出でにけり　『玉葉集』

小夜深き軒場の峯に月は入りて暗き檜原に嵐をぞ聞く　『玉葉集』

花の上にしばしうつろふ夕づく日入るともなしに影消えにけり　『風雅集』

等々の歌は私のどこかでずっと影をおとし、匂やかな色合を漂わせていた。たしかにこの世界は古今でも新古今でもない。しかしそこを通過してはじめて吹いてくる清澄な爽気である。

花にても、日暮るるけしきにても、その事になりかへり（そのこととひとつになって）そのまことをあらはし、心深くあづけて――という『為兼卿和歌抄』に、「心のままに詞の匂ひゆくとは」というくだりがあった。はじめて聞くその詞に私は、やまとうたが汲みあげた井戸の水のきらめきをみたように、心をふるわせたのだった。「心のままに詞の匂ひゆく」というその詞に。

（一九九五年十一月）

三つの香炉

沖縄、石垣島で出会った、司《つかさ》と呼ばれる老婦人のことを語りたい。

沖縄には、緑深い森や、山の頂上や中腹の洞窟《ほこら》などに、聖地、御嶽《うたき》がある。いずれも神々の臨在されるところといわれている。司達は常に御嶽を清め、祈り、祭祀《まつり》を行う。人々は老いも若きも司を敬い、拝所《うがん》で願いごとを捧げる。

そこには壮大な建造物や、仏像や、装飾は何もなく、人びとは司をとおして自然の神々と出会うのである。自然と、或《あるい》は神と人間が非常に近い関係で存在し、私達が遠い昔に見失った自然崇拝、すべてのものに神が宿るという思想が現在も生きている。

併《しか》し、今沖縄でそういう自然との関わりが次第に崩壊しつつある。

今年の春、私は御嶽の一つである石城《いしぐすく》へ、その司の婦人に案内されておまいりした。

あまり人がかよわないとみえて、道は草でおおわれていた。

かつてそこは石城山という小高い丘であったが、日本《やまと》の建設企業が採石のため無残にも削りとってしまい、ほんの一部が残骸のようにのこっているだけだった。削りとられた部分は沼のように水が溜り、そのまわりに亜熱帯の木々が茂っているばかりで、周辺には有刺鉄線がはりめぐらされ、そこが聖地だとは誰も思えない荒れ果てたゴミ捨場と化しているのであった。石城は石垣島でも最も大切な神が祀《まつ》られ、山頂には三つの珊瑚でできた香炉がおかれていたというが、学術調査という名目でヤマトの学者が持ち去ったということであった。かつて日本が犯した測り切れない悲惨な沖縄戦の後に、今も続くこれらの苛酷な現状に烈《はげ》しく胸をつかれ、言葉もなく立ちつくした。

司は、祠を清め、小さな香炉に線香をあげて祈ったあと、私達にこう語った。

「神々の世界は今、このように荒らされています。それは人の心が荒れているということです。自然と人間がこのように断ち切られるということは、人と人の心も断ち切られるということです。人間のすることは本当に怖《おそろ》しい。私ひとりの力でどうすることもできないのです。併し、人間の中には何とかして神々をお守りしようと願っているものが必ずいると思います。また、そうしなければなりません。三つの香炉が今どこにあるのか、神様のお告げでは博物館や、資料館にほこりをかぶってねむっているということです。私はいつの日か、さがし求めて三つの香炉をこの石城の神々の前にお供えしたいと思っています。建設作業がこれ以上すすみ、たとえ、石塊《いしころ》一つになっても私はそれを家に持って帰り、お祀りして祈るつもりです。

人間がお祀りしなくてどうなるでしょう、神様は自分で神を祀ることはできないのです。すべて人間のなされるままなのです。

私は神に拝むと約束しました。一たん約束したことは必ず守ります。命のあるかぎり拝みつづけるつもりです。ひとりでも多くの人が拝めば、神は必ず人間と通じ合って下さるのです。神は誓ってそういわれます」

うす暗い祠の中で、司はそれまでの言葉少ない、慎《つつま》しい姿から信じられないほど、つよい熱のこもった声でそう語った。

一人の老婦人をとおして語られた言葉の中に、たしかに目にみえない存在の熱い息吹きを私達に伝えずにはおかないものがあった。

やがて石城は影も形もなく削りとられる運命にあるのかもしれない。併し、この老婦人の生きるかぎり、生ある間にすこしでも多くの人に伝えたい願いを、私達はこうして托されたのだと思った。

神々はじっと耐えて待ちつづけて下さるであろうか、その願いの糸の一端をしっかりと握りしめて、私も自分の仕事に結びつけることができるように祈りながら、石城の祠をあとにした。

（一九九〇年十二月）

インドへ、まっしぐら

秋野不矩《ふく》さんから思いがけず御本をいただいた。『バウルの歌』（筑摩書房　一九九二年）。バウルとは吟遊詩人のこと。文章も絵も実にいい。

まさにインドが唱っている、吟遊詩人のように。はるかに尊敬している先達から思いがけないおくりものだったので、胸が波立つほどうれしく、折から開かれていた秋野さんの個展に伺った。何必館《かひつかん》の会場に入るなり、そこに掲げられていたウダヤギリの僧房の中にすーっと吸いこまれた。茶褐色の僧房の一隅に光が射しこみ、その中に坐ってみたいようだと作者のいう、その光の座に包みこまれるようだった。絵をみていきなりこんな体験をするのは珍しいことだ。

その最初の印象が、秋野さんとはじめてゆっくりお話しするうちに次第にわかってきた。秋野さんは三十年前、京都市立美術大学で日本画を教えていらした頃、「どなたかインドへ日本画の先生として行って下さる方はありませんか」といわれた時、即座に、「私、行きます」と答えられて以来、八回、足かけ四年近くインドですごされたという。

インドのことを全く知らない自分がなぜインドと聞いて待ちかまえていたように行く気になったのか、われながら不思議であった、と秋野さんはいわれる。そのインドへ秋野さんはまっすぐ、入っていかれた。普通、人がそのずっと手前で、些細な障害につまずき、不潔だとか、不便だとかに気を奪われている間に、そんな手間ひまかけないで、秋野さんはインドの胸の中にすーっと入っていかれたのだと諒解した。一昨年、インドに行かれる時、新宿駅の階段の中ほどから足をすべらせて階下に落っこちて脳震盪《のうしんとう》を起されたが、同行のお孫さんがいそいで秋野さんをおんぶして、とにかくインドへ、私も孫もまっしぐらにインドへ、でしたよ、と笑われたが、笑いごとではない。まず普通なら救急車である。旅行どころではない。併《しか》し、秋野さんはインドへ行き、まず体を整えてから、写生旅行にいかれたという。今回の個展はその折のものを帰国後制作されたのである。

「インドにいけばね、体の調子がよくなるんですよ」。そのとき秋野さんは八十三歳、小柄で、かわいらしく、どこにそんな超人的な気魄がひそんでいるのかと思う。「廃墟Ⅱ」という作品の前に立つ。四年間一ども雨の降らないというカッチ平原の曠野に、ポツンととりのこされた祠、そのむこうの空がこわいほど青い、あまり青くて彼岸の空かと思う。突然地上を突き抜けて、静けさというその気配すら存在しない宇宙の一角に放り出されたようだ。

「菜っぱや野菜を少し買ってね、その近くの僧院に泊めてもらうの。お坊さんが料理してくれて、巡礼にきた人達と枕をならべて休むんですよ」。日本の画家がそんなところにまぎれこんでいるなんて誰も思いもしない、そんな秋野さんの寝姿を思う。

誰も咀嚼《そしゃく》できない底なしのインドが、秋野さんにそっと扉をあけて光の座をもうけてくれたようだ。

（一九九三年七月）

消し炭と薬味が財産

「父の日記に見えている。母はわが新衣を購《あがな》わんより君が書物をと云ったと。夫と子供と消し炭と薬味を財産に思ってすごした十七年の、まっくろけな姿。柳の緑、菜種の黄、蝶の白をもってこの黒衣の人に配すれば、かっと明るい春日の絵のぬきさしならぬしめくくりでもある。じみが不幸であったとは誰が云えよう」（幸田文「みそっかす」）

この部分は、幸田さんが母を語ってまことにぬきさしならぬ達意の文章である。幸田さんが六歳の時、この母は他界した。この世では触れ合うことの少なかった母娘ではあるが、この一文に私などまず釘づけされてしまう。形見になるような衣類は何もなかったのを不審に父にたずねると、「わたしの着古しばかりを着ていた。……あまりくすみ過ぎていたけれど、着物は着る人によるものだ。着こなしていた」と語ったという。その時、幸田さんの胸の中に、黄にまぶしい菜種畑に黒衣のひとが浮んだのだろう。

消し炭と薬味を財産に思ってすごした、というのは、ひねれば一瞬に火のでる時代とはちがう。湿った雨もよいの夕餉《ゆうげ》の仕度に、気ぜわしくあおぎたてればたてるほど火はつかない。——そんな泣きたいほどの経験も私など知っているが、そんな時、焚《た》きおとしの消し炭がどんなにありがたかったか、火消し壺はまさに財産である。そして、心憎いのは薬味。和《あ》え物、炊きもの、刺し身、酢の物等々にほんのひとふりの薬味は、食物の死活を握っているものといっても過言ではない。季節季節の旬のものに連れ添うようにあらわれる薬味を決して見のがさず、山椒、わさび、生姜、唐からしと食卓に一点の清気としてのせる。たしかに心きいた主婦の財産である。

流行の服装や、装身具にかこまれた今の若い主婦からみれば、過去の神話に近い話かもしれない。あまりに寂しすぎると——。

併《しか》しこの文章に接した時、私の心をサクッと音をたてて開いてくれる力があった。緑や、黄や白の細かい紙片が闇の彼方から舞い下りてくる妖しい美しさに時を忘れ、そんな中に自分の母をもまじえた無数の母の姿がみえたからだ。藍みじんの信玄袋のひと、ひっつめ髪の木綿縞の母の姿。じみが不幸と誰がいえよう、むせかえるような菜種畑や、れんげ畑のつづく縁先に機《はた》をならべて母と私は織っていた。

「人生の終りの思いがけないごほうびやなあ」と母は言った。新緑の中に藍の着物をきた姿は鮮明だ。日本の女性が藍染を着たとき、一ばん美しくみえると口ぐせのように言っていた母だった。

（一九九三年八月）

生類の邑《むら》すでになし、砂田明さんの死

「水俣病は、もっとも美しい土地を侵したもっともむごい病でした。そのむごさは、まず力弱きもの――魚や貝や鳥や猫の上にあらわれ、次いで人の胎児たちや、稚な児、老人達におよび、ついに青年壮年をも倒し、数知れぬ生命を奪い去りました。生きて病みつづけるものには、骨身をけずる差別がおそいかかりました。そして、大自然が水俣病をとおして人類全体になげかけた警告は無視され、死者も病者もうち捨てられ、明麓の水俣はふかいふかい淵となりました。……」

一九七九年四月、招魂の儀において亡き人々にこう呼びかけた砂田明さんは、さる七月十六日、六十五歳の生涯を終えた。

かねて肺癌を患っていられたが、こうも早く逝ってしまわれるとは夢にも思わなかった。その死を知った時、烈《はげ》しく燃え尽きられたか、はたまた疾風のように我々の前を駆け抜けていかれたか、と思った。

砂田さんは、石牟礼道子さんの『苦海浄土』(講談社文庫 一九七二年)に強烈な衝撃をうけ、東京での劇団生活から、水俣へ巡礼行脚を思い立ち、家族と共に漁村水俣へ移り住んで二十年余になる。

その間、みずから脚色、演出した「劇 苦海浄土 天《てん》の魚《いお》」の一人芝居は全国巡廻、五百数十回をかぞえ、私も先年京都の能楽堂で拝見する機会を得た。

黒衣に慟哭《どうこく》の面をかぶり、老人の独白によるその舞台は、時に不知火海の清明きわまる海上に天の魚を漁どる平安な漁師の生活から一挙に暗転、有機水銀流出による海の汚染は胎児性障害児を産み、「首は坐らん、目は見えん、耳は聞こえん、口きけん、足で歩けん——」そんな嬰児を産みおとして、母は亡く、父は同じ病に倒れ、祖父の手にゆだねられた杢少年。いかにも悲しかような眸《めえ》ば青々させて、底の知れんごて魂の深か子でござす、というその少年を腕にだいて、片脚は棺に入りながら、なお死にきれん、どげんしてもあの世にゆく気にならんとじゃ、杢のいるかぎり、と老人は呟《つぶや》く。昨年暮、生命の最後の一滴を絞り切るような舞台をつとめ、砂田さんは入院された。既に覚悟の舞台であった。

昨年秋、はじめて訪れた不知火海は、天から降り下る光を全面に吸い込み、必死の自浄作用をしているように私には思われた。

海と空の中間に、そこがまさに苦海浄土である死者達の行き交いが感じられるのだった。

人間が利潤に目がくらみ、海を汚しつづけている間に、母胎は正確にその汚れを反映し、胎児性障害児が生れ、或《あるい》は悶死し、或は今なお地獄を生き続ける。生命は海に発して二十八億年、母胎は海をたたえて十ヶ月の間に生命を誕生させる。海を媒介とする生命の連環を扼殺したのが水俣病であり、人類が今どんな滅亡の断崖にたたされているかを身を以て語り、演じ切って、その生涯を一直線に水俣病に突入させたのが砂田さんであった。

水俣の丘の上に陽のさんさんとふり注ぐ乙女塚がある。多くの水俣病で亡くなった人々と共に砂田さんは今、そこに眠る。

（一九九三年九月）

Ⅱ

物を創るとは汚すことだ

手の先に心が宿り、目がついているわけではない。けれど時に手は思いがけない働きをして、目以上に物を見ているかの如く、その触覚はあらゆる感覚を集中して物をこの世に誕生させる。

「手の先に神が宿る」という言葉は、「手の先に悪魔が宿る」という背裡の言葉を思いおこさせる。

けれども私達はその表の言葉に従い、到底そこに行きつく筈もないが、一歩一歩近づいて行きたい。そのプロセスが私達の仕事である。「物を創ることは汚すことだ」と、まずみずからを戒めたい。まっ白な糸、布、それらに手を下す。人の手が触れればまず汚れる。無垢のものをそのままこの手の内にとどめることは不可能である。

万物の創生から今日まで人はすべて地上にあらわれたものを汚してきた。人類《ひと》が快適に暮すことは周囲を汚すことによって保たれる。それなのに人は物を創る。創らずにはいられない。生きることと同義のように、人は物を創って死ぬ。地上は今やそれらの汚物でみちあふれている。そんな中で私も物を創り続けて約半世紀を生きてきた。勿論《もちろん》創っている時はそんなことを考えず、ひたすら美しいものを創りたいと願って仕事をしてきたのだ。併《しか》し、年をかさね、時代が刻々変貌してくるにつれて、拭っても拭いきれないある危機感が迫ってくるのである。

私達の仕事はまず素材との出会いである。蚕の糸、植物。自然の素材は、まず人の手によって撓《たわ》められ、人は利することを第一に考える。当然素材は傷つく、そして死ぬ。死ぬことによって人の手にゆだねられる。そして再生がはじまる。思えば、大きな課題をあたえられたことになる。

物と人間の関係ほど複雑で奥が深く、不可解なものはない。すでに物は人間の掌中にある。どう生かすか、殺すか、私達は日々その命題の前に立たされているのである。

併し、かといって私は機《はた》の前で深刻に考え込んでいるわけではない。むしろ、いそいそと機に向かっている。それはこの年になっても少しも変らない。機に向かう時の喜びと緊張と期待、すでに糸は満幅《まんぷく》の信頼をもって身を投げ出している。いかようにもしてくれといわんばかりである。そこには人間の測り知ることのできない融通無碍《ゆうずうむげ》の世界が存在する。広大な網の目のはりめぐらされた自然界がひろがり、人間など大海原の一滴にも値しないほどの深々とした大自然の中に、こんどは私達が放り出されるのだ。動物も、植物も鉱物も、そして人間も等しく草木国土悉皆成仏の世界である。こんな仏教めいたことを言い出したのも実は、こうして書いているうちに「当麻《たいま》曼荼羅《まんだら》」が浮んできたからなのだ。

当麻寺の中将姫が蓮の糸で織ったと伝説にもなっている織物であるが、実は中国唐代に伝えられた絹織物であるといわれている。

とても人の手で織ったとは思われない、それこそ神の宿る手によって織られたこの曼荼羅を先年、奈良の博物館で垣間見ることができたが、触れればはらはらと風化寸前の鬼気迫るものがあった。さだかではない諸菩薩が遠い雲間に消えゆくさまや、蓮弁の池に散る姿が天上界、下界をとおして彼岸を出現させていた。どのような人々が、何年かかって製作したものであろう。技術というよりは、ただ、経緯の原則に従ってひたすら織り続けたものであろうが、その全容を司《つかさど》り、導いたものは、人々の信仰か、見えざるさまざまの存在が、彼等をたすけ完成させたのであろうか。織り成す、綾なすという言葉があるように、この曼荼羅は筆で描いたものではない。一本一本細い糸をつかって、殆んど不可能に近い仕事を、忍苦の中で、或《あるい》は喜びをもって織られたものであろう。今私達は数百年の歳月を経て科学文明の先端にいる。織はコンピュータの世界へ導入され、あらゆる精巧な技術を駆使し、瞠目に値する織物を可能にした。

併し、当麻曼荼羅の世界とはあまりに遠く隔たりすぎてしまった。それを埋める術《すべ》はない。復元や模倣はかえって汚すことになる。それならば、「物を創ることは汚すことだ」という歴史をたどってきた私達に残されているものは何か。「物を創ることは清めることだ」という、全く逆転の思想が生れるような物を創ることは不可能なのだろうか。そこにはきっと私達人間にも動、植物にも、何らかの供犠《くぎ》が必要なのではないだろうか。すでに動、植物はそれを否応なく強いられている。人間のみ、高みからますます傲慢に自然の供犠をうけて繁栄しているような気がする。やがて人間も何らかの供犠を捧げる時代が来るのではないだろうか。すでに来つつあること、それが危機感であり、ひとつにはそれが仕事へ向かうこころざしのようなものではあるまいか。

（一九九八年一月）

第一作がいちばんいい

一昨年秋、友人に導かれて彩《いろ》づきはじめた福島、岩手の山野をめぐり、盛岡郊外に住む山口キヱさんを訪ねた。山口さんは子供達の成人を見とどけ、六十歳をすぎた時、何か自分に出来る仕事はないかと考えた。

若い頃見た天蚕《てんさん》の織物の美しさが忘れられず、天蚕を飼ってみたいと思いたった。併《しか》し、豪雪の地にひとり、もう若くない山口さんの身辺を気遣う娘達は反対したが、山口さんの一貫した熱意に動かされて、やがて娘達は協力し、自家の山林に櫟《くぬぎ》を植え、天蚕の仕事がはじまったのだ。今から十五、六年前のことである。

山路をいかほど登ったり、降りたりしたであろうか、すでに落葉樹は殆《ほと》んど散り、深々とした朽葉をふんで、小橋をわたり、ようやくたどりついた山荘は、白樺林にかこまれた、三方ガラスばりの思いがけず瀟洒《しょうしゃ》なたたずまいであった。広い縁《えん》にかこまれた十畳あまりの座敷の中央に大きな炉が切ってあり、炉にはきりたんぽ、やまめなどを串にさし、大鍋には山の幸が豊かに湯気をたてていた。縁のまわりには、今をかぎりに雪中に姿を消すであろう野菊、竜胆《りんどう》をはじめ、あけび、栗、柿、赤や黄の木の実、紅葉の枝々、茨の蔓等々、大籠や壺に絢爛と盛られ、ガラス越しにみえる白樺林を背景に、どんな壁画にもまさる迫力で私達は迎えられたのだった。炉に燃える炭火も豪快で、網の上に干魚や餅がのり、彩とりどりの果実酒、茸、山菜、の料理は都会のどんな贅をつくした料理も遠く及ばないものだった。

盛岡の駅頭に迎えて下さった初対面の山口キヱさんは、清楚なモンペ姿で、色白、瓜実顔の、若い頃はどんなに美しい方であったかを偲ばせるに充分で、七十余歳の、決して平坦ではなかったであろう歳月は、山口さんをより清らかに老いさせていた。瑞々《みずみず》しく枯れる、とはこういうことか。

その年齢にふさわしく、軽やかな自在さは、まさに山口さんの生き方そのものなのであろう。白樺林や、小さなせせらぎや谷間を、ちょい、ちょいと栗の実を拾いながら小走りにゆかれる姿は、とても七十をなかば越した方とは思われない。少女のようでさえある。

櫟林の中腹や斜面に点々と白い幕をはったハウスがあって、天蚕はその中で烏《からす》や鼠の害をふせぎながら育てられるのだった。

それでもその被害は大きいという。

初夏を間近かにむかえ、今をさかりに萌えいづる新緑の頃、天蚕の卵は櫟の枝にうえつけられ、五十日の日々をつつがなく成長したものは黄緑色の繭を完成させる。今年は一万個の中、繭になったのは八千個だったという。その間、山口さんは朝夕、九つのハウスをめぐり、時には天蚕たちに語りかけるようにしていつくしんで育ててこられたのだ。

生涯の最後の願い、天蚕と共に生きる、その山口さんの願いの果てに、その糸で布を織る人に出会うこと、そんな思いがどこかにあったのかどうか。私もまた生涯の終りに近く、天蚕に出会えるとは、ふしぎな縁《えにし》の糸を思わずにはいられない。山口さんの下さったその糸を抱けば、今、羽化しつつある蟬の羽の数刻のうす緑が光と同化して輝く糸に変身したとしか思われない。

さて、その糸をどのように生かせばよいのか、私にとっても大きな課題である。

「物を創ることは汚すことだ」という命題がまたしても私をとらえる。汚すのではあるまいか、糸のままで、この輝きのままで存在することはできないだろうか。この糸をあたえられたことは天の恵みである。しかし受けとる器が本当にあるだろうか。私はおそるおそる糸を繰り、この輝きと、張り、冒しがたい品格を機《はた》の上に移行させることになった。まるで童子《こども》にかえった気分、一織一織、これでいいのか、いいのかと、戸惑いつつ、悦びにふるえつつ機をすすめた。ようやく一日に一尺、煙のように糸は切れ、織るというより糸を撫でさするようにして着物を織り上げた。

夏の間、暑さを忘れ、目がかすみ、肩がこっても、織り上げた悦びは、はるかにはるかにそれを凌駕《りようが》するものだった。織っている最中は、こんなに切れる糸でどうなることかと思っていたのに、出来上った途端に、「もう一着、織りたい!」と思った。つづいてもう一着、夏はすぎていた。未知のものに出会い、そこに精魂を込める。それは技術のたどたどしさを飛びこえて、素材そのものの初々しさがのこる。自分でも何と拙い、と思いながら、たしかに第一作は初々しいのだった。次々と作品をつくる中《うち》に、最初の感動は消え失せ、いかに織り易くいいものができるかと、人の知恵が入り交じる。

またしても私は、物を創ることの危うさを感じ、天与の輝きを汚すのではあるまいかと思いつつ、今、第三作にとりかかっているのである。

（一九九八年三月）

一冊の本『啄木』

数年振りに東京で個展を開いた。昔一緒に織っていた人達が集まって話している。「私この頃育児ノイローゼなの、家中大変。見て、かわいいでしょ」と見せてくれた写真は黒い仔犬ラブラドール。「あら、私のとこなんか大きいのが小さいのを嫉《や》いて私をつっつくのよ」「何?」「亀」「私のとこじゃ大きいのに死なれてね、主人なんかまだ立ち直れないの」とこれは老犬のはなし。

会が終って、久しぶりに横浜の娘の家へ行く。「あ、おばあちゃん、一寸《ちよつと》待ってね、あたし今、母子手帳つけてるの」と小学三年の孫がいう。タマゴッチ、これが止《とど》めの一発である。何だか世の中、バーチャルになりすぎたんじゃない、このバーチャマはどうなるの、っていいたい。

けれど考えてみれば現実は現実。今や我々は首までそれに漬っているのだ。この生ぬるい得体のしれないものに次第に侵蝕されている現実を思い切ってふっ切って、昨年の十一月末からドイツ、ロシア、北欧に旅することにした。といっても若い人達に助けられつつ、従《つ》いていったという次第で、厳寒のサンクト・ペテルブルグはどうかと随分心配されたが、案ずるより産むが安し、とか、思いがけない人との出会いなどがあって、寒さをかこつ暇もなかったのである。

ハノーヴァより北上、やがて飛行機の窓にシャラシャラと音がする雪、下降するロシアの大地は、灰色と白の世界。銅版を無数の線でひっかいたような荒涼たる大地に小さな家がしがみついている。なぜか若い頃から私はロシアに魅かれている。とくにサンクト・ペテルブルグはドストイエフスキイの文学のうまれた世界だ。街に入ると、ここで「悪霊」をかいたのです、と案内の人がいう。林や公園の樹々はすべて枝という枝に白い装飾がほどこされ、街全体がレースに覆われているようだ。その奥の方に壮麗な宮殿や貴族の館が立ちならんでいる。

「世界で一ばん美しい都」といったゴーゴリの言葉が思い出される。ネヴァ河はうす青い半透明の流氷を浮べ、それが蓮の花びらや、アシカのような形をして次から次へと流れてくる。いつまで見ても見あきないのに胸が重く哀しい思いにみたされるのは、この街が、この国の暗く沈鬱な歴史を担っているからであろうか。

エルミタージュ美術館はかつてエカテリーナ女帝の宮殿であったところで、白と緑の巨大な宝石箱のような美術館だった。あまりに宏大ですべてを見終るのに五年はかかるという。

この美術館の奥まった劇場で、プロコフィエフ氏の講演はすでにはじまっていた。過ぐる十月、京都に氏が来られた時、私は叡山に案内し、その時、すでにペテルブルグへの旅が決まっていることを話すと、「こんど再会した時、必ずよいものをあなたにお目にかけましょう」と約束された。

その夜、私達は思いがけず和綴の美しい一冊の本を見ることになった。『啄木』という木版の棟方志功による版画、版字の本であった。

プロコフィエフ氏の祖母、ヴェ・エヌ・マールコヴァさんはロシアにおける日本学の第一人者で、源氏物語、枕草子、俳句などを研究され、啄木の歌を深く愛されて、ロシア語訳にされ、弘前啄木の会の方々によって一冊の本がうまれたのだった。マールコヴァさんは啄木ばかりでなく、当時のアナーキストのこともよく研究され、本文には幸徳秋水の名まで記されていた。三十年ほど前、この小さな本が、日本とロシアのかけ橋となって、お互いの心をかよい合せたのであろう。しかも私はその本の発行者、蘭繁之さんには十年ほど前弘前でお目にかかったことがあるのだった。マールコヴァさんは平成五年、死の直前に、勲四等、紫綬褒章を受けていられ、プロコフィエフ氏がうやうやしくその賞状をカバンの中からとり出されたのは、ほほえましかった。

作曲家プロコフィエフを祖父に、童話作家を母にもつ人智学者プロコフィエフ氏と、ネヴァ河に浮ぶ小さなシーホテルで私達は一冊の本をかこみ語り合った。若い日にロシア文学に没頭したことなど思い出され、どこかで深くつながっていたことを思った。エルミタージュ美術館でみたイコンの世界や、古い僧院の修道僧の姿が、出かける前に読んだリルケの「時禱詩集」の数節とかさなって、私は深くペテルブルグにはまりこんでゆくようだった。ネフスキイ通りに寒さにふるえながら物乞いをする老人や、貧しく苦しい生活の中にも誇りをもって生きている彫りの深い美しい顔立ちの学生達の行き交う街にあって、日本の現状を思い、何か一種の苦痛を伴った寒気が身内を貫いていくようだった。

美術館で先生に伴われた小学生の一群が真剣な表情で歴史画や名画に見入り、先生に質問している姿が今も目にのこっている。

（一九九八年五月）

古紅梅を染める

上方《かみがた》の空は青かったのにどうしたことか。関東ははげしい吹雪で、いろいろ被害もあったこの二月はじめ、東京の未知の方からお電話で、庭の古い紅梅が雪で倒れてしまい、その折れた幹をみると、あまりに赤く美しいのでひょっとしたら染まるのではないか、以前読んだ私の本の中にたしか紅梅の枝の話がでていたような気がする、よかったらお送りしましょうか、との事。丁度その半月ほど前、すぐ近くの清涼寺の軒場の梅が真紅のかたい蕾をもちはじめたのをみて、紅梅の剪定《せんてい》はなさらないでしょうか、と寺の方に聞いてみたところ、当分はしませんよ、と言われてがっかりしていたところだったので、思いがけず紅梅がいただけるなどとは夢のようだった。この数年染めていなかったので今年あたり染めたいと思っていた。

渡りに舟とその方にお願いすると、早速ダンボール数個に枝や幹をつめて送って下さった。開いてみると、まっさきに、伐った幹の鮮烈な赤が目に入った。外側のまっ黒な樹皮とは対照的に輪状に赤、赤紫、橙《だいだい》と鮮やかな色が巻いている。これほど美しい幹の色をみたのははじめてだった。何十年、毎年咲こう咲こうと念じて、色を貯めていたのか、何ともいとおしい気がした。あまりに美しいので玄関に二本、オブジェのように飾ってみた。

さて、半分は灰にする。勿体《もったい》ないと思ったが、梅には梅の灰を、媒染のため灰汁《あく》をとった。藁灰の灰汁で練った真新しい糸も用意した。梅は二つの釜一杯盛り上るほどにつめこんで煮出した。

一晩おき、染液をみると、淡紅色、いつもより濃いようだ。二つの釜にたたえられた液の中に、サァッ、せいの、で糸を入れる。

若い人も緊張し、胸が高なるようだ。

絞っては外気にさらし、光と風を充分に受けて発色ははじまる。三回目に、用意した灰汁の媒染液につける。外の光にふれた瞬間、梅が匂うような気がした。淡紅色に彩《いろ》づいた糸が影と光の中でかすかに演色する。ほんのり赤みと黄みが糸の上にたゆたうようだ。「きれい」みんなの口からこぼれる。きよらかなうすべに色、しかし芯のつよい高貴な色だ。紅梅だから赤くなるとはかぎらない。いくらか白梅よりは赤みがある程度、それがいかにも日本の梅らしい。古来、梅染は桃染といわれ、日本の染料としては最も古く、法隆寺献納宝物の中の幡《ばん》（飛鳥時代）に残されているのをはじめ、日本書紀や、延喜式にも桃染として記載されている。なぜ桃染と呼ぶようになったのかは諸説あるが、堅い果実を「み（実）」と呼び、柔かな果実を「もも（百々）」と呼ぶところから、梅の実をももと言い、実際に梅の木で染めたところ美しいもいろが染まったところから、桃染といわれるようになったという。

桜もまた一、二月頃に剪定した幹や枝で染めると、得もいわれぬうすべに色が染まるのだが、梅のうすべに色とどうちがうかといえば私は即座に、さくらはさくらいろ、うめはうめいろ、という。しごく当り前のことながら、全く違った二つの植物をこれほど真摯にあらわしている色はないと思う。どちらが美しいとか好きとかいう問題ではなく、まさに日本を代表する梅と桜の色なのである。しいていえば古来、梅は中国では、すでに神格に近いその香気を讃《たた》えられ、『古今和歌集』においても歌を通じて官位を賜わると、三島由紀夫はその『日本文学小史』にかいている。桜について書き出せばかぎりがないが、それほど一《いち》植物でありながら日本人の感性に深くかかわってくるのはやはり梅と桜ではないだろうか。

この二つの植物に共通のうすべに色はシュタイナーの色彩の本質においてもとりあげられているが、人間の肌の色、けがれない嬰児の肌のいろに非常に似ているというのである。血液の最も透明化された霊性の色と、桜と梅によって抽出されるうすべに色がどこか共通であるということが、私には植物と人間、ひいては宇宙と人間が深くかかわっていることを示しているのではないかと思われるのである。

植物の自然界に果たしている献身的な働きはよく知られているところであるが、それはあの森林や草原や花々によって、つまり我々の目に映ずる生命の根源のような緑色によっているところが多いと思う。樹木の幹内を流れる樹液の中に、あの神秘ともいえるうすべに色がひそんでいることを知る人は少ないと思う。私はいつかそれを植物の聖液とよび、植物の霊性の色と名付けたいと思った。植物に対して、このように或る時は苛酷に伐り刻んで煮出したり、絞りあげたり燃やしたりして関係をつくってきた私達であるが、その中で植物が黙々と教えてくれていることは何か。秘密を打ちあけてくれていることは何か。私達人間が、位をあけわたして植物の上位を希《ねが》ったとき、そこには想像を絶するような植物界の色彩が光を放つのではないだろうか。私達人間はまだまだ植物に対してあまりにも傲慢である。

（一九九八年七月）

玉虫厨子

奈良へ行くといつも、思う。日本の一角に飛鳥、白鳳、天平が生きていると。遠く消えていった古代が東大寺の鴟尾《しび》に、春日の森を逍遥する鹿の瞳に宿っている。

まして今日は天平に会いにゆく。博物館に入るとまっすぐに仏像の前に立つ。全身に浴びるように感じる光は何なのか。千年余の空白を一挙に充満させる微粒子、微塵光とでも言うものだろうか。何十体という仏像が立並ぶ。十一面観音、如来、菩薩、吉祥天、帝釈天、八部衆立像、俗世の壁を切り裂くようにして顕われた静謐《せいひつ》の仏像群、そのなかば閉ざされた瞼《まぶた》の奥に映るものは何であろう。現代の濁世《じょくせ》の、目覚めを知らぬ人々の群が御仏《みほとけ》の前を行き過ぎる。

私もその中のひとり、遠くへ、あまりに遠くへ来てしまったのではないか。暗然とした思いと、何か希求《もと》めずにはいられない沸々と胸にたぎるものを感じて、目には見えぬ微光を浴びながら時を忘れて館内をめぐった。

と、橘夫人念仏厨子があらわれた。蓮華台に坐し給う阿弥陀三尊像を、朝に夕に念じ、香を薫いたであろう橘夫人、光明子——、仏道に篤く帰依した橘夫人念仏厨子がいつの間にか私の中で玉虫厨子に変幻していた。三十年来、私の心をとらえて離さない玉虫厨子について一ヶ月ほど前、たまたまテレビの「こころの時代」で石田尚豊氏の話を聞いたからだった。それは、いつかきっとこういう話を聞きたいと願っていた話だった。

工芸品としての話ではなく、絵画の、技法、材料、構造等々ではなく、玉虫厨子がなぜ心を打つのか、これほどの美の凝縮がなぜ可能であったのか。三十年来私の心の中に建つ玉虫厨子は、美の結晶、謎の宝庫、魂の依り処であった。併《しか》し、この謎を解いてくれる書物はなかった。工芸史、絵画史、文様史、彫刻史、数多くの本は出版されたが、何時も、技術的な解釈、説明がほとんどだった。

「玉虫厨子はいかなる目的のもとに作られ、人々に何を語ろうとしているのか」この本質的な問にようやく答えて下さる方に出会った気がした。早速、著書『聖徳太子と玉虫厨子』（東京美術　一九九八年）を求めて読んだ。私のように仏教や古代史の学問、知識もなく、ただ心の中に常に玉虫厨子があった、というだけの人間に何が語れよう、積年この道の研究に捧げてこられた方に不遜極りないことだと充分承知はしているが、何か語りたい。それは今、私の中の玉虫厨子に光が射しているからだ。

私を永年とらえて離さなかった「捨身飼虎図《しゃしんしこず》」「施身聞偈図《せしんもんげず》」。玉虫厨子の中に描かれたこの二つの図が、漸《ようや》く動きはじめたのだ。言葉では知っていた。飢えた虎にみずからの命を与える王子、そんな恐ろしい、想像するだに身の毛のよだつ惨こくな状態に耐えられるものか。併し今度は詳しく読んだ。その図をすみずみまでしっかり見た。耐える耐えられないではなく心に刻むことにした。同じ人間の為《な》した業に対して最後まで知らなくてはならないという気がした。生身の人間として。するとその背景にある大乗仏教を知りたくなった。

これを描かせた聖徳太子とはどんな人だったのか、今までとは違った目で見ている。釈尊が前世に薩埵《さった》王子であった時、崖下に七匹の小虎を連れた餓死寸前の虎をみて、あわれに思い身を投じて自らの肉を与える。すさまじい光景でありながら、夢中でかじりつく虎に身をまかせた王子の安らかな顔、飼虎図にはその顔がはっきりと描かれている。

到底信じられぬ光景であるが、敦煌莫高窟《とんこうばっこうくつ》の本生図にもさらに克明にリアルに描かれているという。

「施身聞偈図」とは、身を施して偈《げ》を聞く、法のためならば身を施しましょうという雪山王子の話である。

雪山王子が婆羅門《ばらもん》として山中で修行していると、どこからか偈（仏の教え、菩薩の徳をたたえる詩句）を唱えながら近づいてくる容貌怪異な羅刹《らせつ》に出会う。雪山王子はその偈を教えてくれるようにたのむと、羅刹は、「私は今飢に苦しみ人間の血肉を欲している、それを与えてくれるなら教えよう」という。王子はそれを聞いて、法のためなら喜んで身を施そうと、教えられた偈を岩壁に書写し終って、身をひるがえして落下してゆく。と虚空に帝釈天に化現した羅刹が両手を差し出して王子を受けとめるのである。朝に法をきけば夕に死すという、それもみずからの生身を施してまで真理を求める、その偈とは、「諸行無常、是生滅法」「生滅滅已、寂滅為楽」の四行である。生じるものは必ず滅する。その避けがたい苦海にあって、煩悩に身を焼かれつつ、なお懸命に生き、ついに解放されて、「寂滅を楽と為す」という涅槃《ねはん》の境地に到る。雪山王子はその偈を命とひきかえに聞いたのである。

凡夫の身には到底及びもつかない窮極の真諦が示されているのだが、この玉虫厨子をこの世に出現させ、後世の我々に遺《のこ》してゆかれた聖徳太子の信仰とはどんなものであったろう。これ以上の布施行はあり得ない。身布施というのだそうである。その厨子になぜ玉虫が使われたのだろうか。玉虫は朽木より生れるという。蓮華が泥中より咲くように、玉虫はこの厨子を飾るために集ってきたのではあるまいか。おびただしい玉虫があの青緑のきらめく羽をはばたかせて。

私がかくも玉虫厨子に心をよせるのは、身を捨てた王子にまとわりついて離れない玉虫の思いが伝わってくるからではないだろうか。

（一九九八年九月）

湖上観音

北にむかうにつれて水平線上の淡墨色の雲は瞼《まぶた》を閉じて、湖は眠りにさそわれているようだった。日に七いろの変化をみせるという湖面は、ゆるやかな風に鳩羽色のさざ波をたてている。ようやく雨あしのきれた空に夕映をのぞむのは無理のようだ。湖全体が茜色に染めあがるのをみたいと思って湖北へ来たのだが、目路はるかにけむる湖は入江の奥に霧をいだいている。

「今日は華麗な姿をみせて下さらないのですか、その瞼の奥の少しの光が湖上を走って私のところまでとどくように、ほんの少し瞼をあけて下さいませんか。雨のあとの、すこしはじらったように薄いヴェールをまとったあなたは、どこか貴婦人のようにさえみえるのです。けれど今日はそのままのあなたと語りたいのです」

湖岸には葦が茂り、水上に青々とした樹々が堰堤《えんてい》をつらね、そのむこうに竹生島《ちくぶ》がみえる。そのあたりに少し風が巻いているのか、光が収斂《しゅうれん》されているようにみえるのは、やはり神のいつく島なのだろうか。

岸辺に真鴨や白鷺がいる。白いあひるも数羽水辺をよちよち歩いている。生きもののいるのはいい。白い一群のあひるがすーっと湖上にすべり出た。さも楽しげに語らうように、つかずはなれず、湖心にむかって泳いでいく。白い小さな点になって、堤防のかなたへ消えてゆくまで私はじっとみている。

「どこまで行くの、やがて湖上は暗くなるのに」夕暮の迫る湖面は波ひとつなく、燻《いぶ》し銀の盤のように鈍く光り、極楽の池に遊ぶ水禽もかくやと思うようである。

白鷺はさきほどから不動の後姿をみせ、そのまわりに十羽ほどのかいつぶりが、頭を水につっこんでさかだちしたり、浮び上がったり、夢中で遊び呆けている。白鷺は老師のような威厳をみせて、「童子らよ、慎《つつし》め、時の過ぎゆくのは早い」などひとりつぶやいているのではあるまいか。対岸に灯がみえはじめ、蒼い幕《とばり》が湖上に下りはじめていた。

翌朝、高月町の渡岸寺にむかった。折から観音講の日とかで、堂内には村人が集って読経が行われていた。白髪の品のよい老人によって、別棟の収蔵館にまつられている十一面観音の前にみちびかれた。

三十年ほど前、うらさみしい木造りの本堂に、ようやく村人に鍵をあけてもらって拝した時の、あのつよい衝撃も忘れられないものであったが、今日再びまみえる十一面観音は、年を経た自分の内面にとって、さらに大いなる存在として深みを増し、密教的な熱気が烈《はげ》しく私を圧倒した。咄嗟《とっさ》に私はインドを思った。なぜインドの仏像彫刻を今、湖国の北の果ての仏像に思い合せるのか、問いただす間もなく、生身の内側から今も息づくような官能の美しさがあふれでているのに驚くばかりだった。

どうしてこんな都から遠くはなれた村落の一隅に、インドとも、ギリシャとも、中東の古い仏像ともみまがうばかりの十一面観音が出現したのだろうか。頭上に冠をいただく十一面の仏頭は、正面三面が慈悲をあらわす菩薩で、左三面は忿怒《ふんぬ》をあらわす瞋面《しんめん》、右三面は菩薩面に似ているが狗牙《くげ》を上につき出すいかりの面で、この御像は耳の後にそれぞれ一面ずつ牙をむいた顔をのぞかせている。真後《まうしろ》に暴悪大笑《ぼうあくたいしょう》という大笑面が大きな口を開いてあざわらっている。後にまわって近々とこの面をみた時、何かぎょっとして、今の世の、我々を、「何というとりかえしのつかない極悪非道の道へ踏み迷ったのだ、愚者奴《め》！」とあざわらっている気がした。千二百年の昔にすでに今日を見通して、その間ずっとあざわらいつづけていたのだろうか。たしかにこの十一面観音の運命は苛酷なものがあった。織田信長の叡山焼打ちの際、本堂の火炎の中から命がけで救い出した仏像を、村人達はひそかに土中に埋めたという。一年後ようやく戦禍がおさまり掘り出したところ、指一本損傷がなかったという。どんなに村人達が大切に扱われたかがしのばれる。作者は不明というが、いかに信仰の力とはいえ、この造形力のたしかさ、偉大な芸術家であったろう。体格は堂々と均整がとれているばかりか、どこか異国の人を思わせる。すこしねじったような腰つき、行きがけのタクシーの運転手さんが、「臍《へそ》をみせている仏様はここだけや」と言ったが、たしかに今でいうセパレーツ。大胆不敵であるが少しも違和感がない。後へまわりながら斜にみた御姿は実に美しかった。思わず釘づけになった。

右の手が異様に長く、一人でも多くの衆生を済度するためという。今にも救世《くぜ》のため歩み出されそうに右あしが少し前に動くかのようである。湖国には十一面観音が四十一体もいらっしゃる。そのなかで琵琶湖をめぐり、何体かの観音様は湖心にむかって立たれているという。月の昇る頃、銀波のただよう中に次々立ちあらわれる十一面観音。私は時折、わけもなく琵琶湖にひきよせられて、とくに湖北へ行く。ある年の秋のはじめ、今宵は満月と知人に誘われて、竹生島の上に昇る月を仰ぎたいと、北の果ての菅浦ちかくまでいったことがある。竹生島のま上にのぼるのは午前二時頃という。湖岸に坐して、月の移行するのを待つ。さらに夜更けて、月の出峠（夜間通行止）のわきのけもの道のそばで待った。湖面に月の歩みと共にこまかいさざ波の光の道がたった。その時、湖の上に十一面観音が立っていられる幻をみたように思った。

（一九九八年十一月）

求美則不得美

美しいものは、美しいものをつくろうと思っては、出来ないものだ。
そう思わなければ出来る。

私をはじめて織物の道に導いて下さった師、柳宗悦先生が亡くなられて三十七年の歳月が経つ。すでに病床にいらした先生を訪れた時、同席された禅僧の方から紺無地の僧衣を依頼されて織ったことがある。

その折、先生は、「良き織物は良き書に通じる」というようなことをおっしゃった。相手の方が書をたしなまれる方だったからであろうが、三十数年経ってそのことを思い出した。今だにはるか遠い目標のように思われる。まだ女学生の頃、上京してきた父母と兄と、夜、民芸館に伺ったことがあった。一室一室、先生は電灯をつけながら長時間、実に丁寧に壺や皿や、卓や布を熱をこめて説明して下さった。民芸館が設立されて数年後のことである。父母はひたすら感動して感謝の意をのべているのに、兄は終始無口だった。いぶかしくて後でたずねると、「反抗してたんや」という。兄はその頃、陶芸をはじめていたが、個人作家を認めず、無名の作品を高く評価する先生に、若気の至りで反抗していたのかと今思っても苦笑する。が、後年私もまた同じ道に至り、先生に「名なきものの作を」という苦言を呈されて、苦しんだのである。

その後、陶芸から絵画の道に入り専ら仏画に専念していた兄が、二十九歳で亡くなった。その遺画集を柳先生が出版するようにとみずから労をとってすすめて下さり、私は原稿をかいて先生のもとへ伺った。その折、「あなたのお母さんは上賀茂民芸協団の青田五良《ごろう》のもとで織物をやっていた。あなたがまだ生まれない頃だ。その頃私は屢々《しばしば》近江八幡をおとずれ、さまざまの民芸品を蒐集した。お母さんがいろいろ手伝ってくれた。お母さんは何かやりたい思いを胸に持っている人だったので私は織物をすすめたのだ。今、あなたにも織物をすすめる。やってみなさい」と。縁というのはふしぎなものだ。その一言が私を織物にむかわせ、ひいては離婚への導火線ともなったのである。兄の遺画集を出すことで屢々先生におめにかかり、私の道は鮮明になっていった。

身心共に傷つきながらも、ようやく近江八幡の母のもとにたどりつき、織物がはじまった。何とか小品を先生にみていただきたく、上京した。その折前述の書の話がでたのである。

その後、私は日本伝統工芸展に、「秋霞」という作品を発表した。農家の主婦達の手織に「ボロ織」「屑織《くずおり》」という、残り糸を繋《つな》ぎ合せて織ったものがあるが、それはまさに柳先生の提唱する民芸品の最たるもので、無為、無作、というか、美しいものをつくろうとして作ったものではなく、物を大切にする、慎《つつ》しむ心がなせる業《わざ》である。かねがね先生は、「美を求めれば美を得ず、美を求めざれば美を得る」という白隠禅師のことばをもちいて美の本質を説き、物をつくる上で美しくならざるを得ない道があるということを諄々《じゅんじゅん》と説かれていた。これは仏教や禅に通じる世界であるが、実は我々の仕事、工芸にこそ最もあてはまる思想である。即ち、物がその本来の出処に従い、自然の理法にかなって形成されてゆく時、美しい形、色はおのずとさだまってくる。そこに人間の作為、欲望、才智が働く時、健やかな工芸は病んでゆくというのである。それ故、農家の主婦が残り糸を丹念に繋ぎ、あるがままに織った布は、期せずして、色の濃淡や、糸の太細、長短、繋ぎ目まで、すべてが生き生きと呼吸し、あるリズムのもとに現代の抽象画にもまさる美しい布を織り上げるのである。そういう品を先生は妙好品と名付けた。私はかねがね柳先生や母からそのボロ織をみせられ、こんなに素晴らしい織物を是非織ってみたいと思っていた。そこで第一作として、濃紺の地に無作為に繋いだ糸を入れてみた。併《しか》し、それはいかにもわざとらしく、虚偽という感じがする。なぜならそれは私がわざわざ新しい糸を切って、それらしく繋ぎ合わせて織っているのだから説得力がない。真実味がないのである。美を求めて美を得ず、とはこういうことか。私は何日も悩んであれもこれもとためしていたが、その時、たまたま、木工作家の黒田辰秋氏が訪れてこられた。氏もかねがね、ボロ織の美しさに魅せられている方であったので「是非やってみなさい」とはげまして下さり、「昔の農家の主婦の織ったボロ織は民謡なのだ、あなたのは現代音楽でなくてはならない。すでに意識に目ざめ外国にも行き、さまざまの知識や情報が入ってきている今の人間にそのまま織れるはずはないのだ。編曲して、新しいリズムとメロディを求めなさい」といわれた。その言葉をきいた私の中に何か新しい風が吹きすぎてゆき、手はおのずと杼《ひ》を握って織りはじめた。ヴァイオリンの鋭い細い音色、トロンボーンのやわらかい音、糸と糸の間のリズム、太棹《ふとざお》の音、高音のはねかえるような音、自分では何も考えている間もなく次々と新しい縞やぼかしが生れてくる。私はつなぎ糸をつかっていつの間にか着物を織り上げていたのである。それが「秋霞」という作品だった。

併し、柳先生は、「秋霞」は民芸を逸脱した作品だ、名なきものの仕事ではない、と私を民芸より破門されたのである。今、四十年をすぎて思い出せば私も若く未熟であり、先生の真意を受けとることができず、ただその言葉に傷ついて、いたずらに苦しんだのであろう。丁度、柳先生も民芸という全く前人未到の新しい民芸運動に没頭していらっしゃる時期であり、民衆の作か、個人の作かで日夜、内外からの反発、圧迫もあり、苦しんでいらしたのだと思う。実際その時期の民芸作家でこの問題に苦しまない者はひとりもいなかったであろう。むしろその苦しみを通して、自分のなすべき道を見出し、築き上げてきた人達が今、個人作家として立っているのである。今となれば、なぜあんなに苦しんだのか。唯一尊敬してやまない柳先生に対して、裏切ったような道をあえて歩んできた私であるが、私の中でますます輝くのは柳先生という偉大な人格なのである。

（一九九九年一月）

孤櫂――再びを春は逝きけり――

昭和二十年六月、フィリッピン・ルソン島で戦病死した後藤三郎さんの碑が、このほど国東半島の岬に建てられた。

岬　水すみて
秋　空翠杳《くら》し
おもひありやなしや
菊　ただ白きかな

と碑に刻まれていた。岬の好きな彼はよくひとりでここへ来ていたという。

五十余年を経てようやく彼の墓ができたのである。両親はすでに逝《ゆ》き、年老いた姉兄達と、私もまた年をかさね、従兄である彼に松籟《しょうらい》のきこえるきよらかな松林の中で、再び会ったのである。夜来の豪雨は去り、目の前の青海原に降り注ぐ数条の光が、半世紀を経てようやく彼の哀哭《あいこく》を拭い去っていったようだった。美しい岬だ。浜辺の風の中に学生服を着た彼が、とうめいないのちになってかえってきたようだった。

五高から京大哲学にすすみ、師・木村素衛教授のもとで学んだ。一日でも一刻でもながく、敬愛してやまない師のもとで学問に没頭したい。ところが突然、断ち切られるように戦場に赴き、死に直面する学徒の無念の想いは、彼の遺《のこ》した「孤櫂《ことう》・信濃路の手記」に、エッセイや和歌、詩と共にかきのこされている。彼と同世代の戦場に散ったものも、のこされて生きながらえているものも、暗く重い魂をその背に負っている。私は忘れない、昭和十八年十一月、数千の学徒が雨のぬかるみの中、宮城前を行進していった。祖国を、我々を守るために、あれはまさに死の行進だった。あの日のぬかるみは今も胸に暗くしぶいている。

出征の前夜、下宿を引きはらう夜の日記に、「せめてあと一年の猶予があれば、フィヒテ、ベルグソン、ヘーゲル、カント第一批判、その精緻な精神現象を学びたい。

思わず涙を流す」とある。そして彼の親友に最後の手紙をかきおくっている。

「たとえ私自身帰れなくても、学の生命だけは永遠に私達人間の手によって生き続けてゆくに違いないと思うと、稚く全く未熟で一歩もそこに踏み込み得なかった私も、ただそこにのみ自分の生命を生き抜き、生き切ろうとしたが故に、絶対に敗北の諦めではない静かな希望と信仰を持てそうな気がする。何時かの夜、木村先生に話していただいた大きな生命への合一ということ、こうして学のいのちという様なことを考えると、素直に私も受け入れられるような気がする。……君の方も落着かないだろう、しかし思い残すことのない様、勉強してくれたらと、ただそればかり祈るような切ない気持でいる。僕が力尽きるまでやったというのでは決してないが、それならそれで尚《なお》一層かなしい必死のバトンを渡すときのような気持だ。そしてまだそうして生きて呉れる友達がある自分を、ふと途方もなく幸福に思ったりする。一応でも形をとって君が学を成してくれたのなら、僕はもうそれでいい。その中に必ず僕の学へのいのちも溶け合って込められているに違いないから。そしてこうなったらやはり人間の窮極のいのちを信じる。誰が何といっても信じる。ギリギリになったらリルケの言ったように、そのかなしさを信じる。そしてそれを抱き締めて死んでゆきたい。……近ごろは海も荒く波立つ、千鳥もきのう久し振りに一羽渚で見かけたが、白く沖つ瀬にしぶきするこの頃の海ではなぜかさびしい」

ルソン島ソラノの森林の中で、彼は餓死のような状態で亡くなったという。死の直前まで、三冊の小さなノートにかきこめるだけ何かを記していたというが、それを託した戦友も亡くなったと、生き残った人の知らせがあったとか……。彼の師、木村素衛教授は手紙の中で、「彼は詩人としての心と、思索者としての心とが揃っていて、今若い成長の日を動きつつ伸びているのです。——この青年を死なせたくありません。どうか無事で帰って来てこの才能を伸ばしてくれますよう——大きな声ではいえないかもしれない、皆死を決して出ている。——出陣した若い学徒が、こうした詩の心をもって、しかも出て行った事、これは感動です、哀しい事です、嬉しいことです、人の心を実に粛然とせしめることです」と記しておられる。木村教授もその後急逝され、彼の戦死もその頃のことであったという。彼が亡くなってから二十年ほど経った頃、彼の弟から、Ｆへとかいた手紙が出てきたといって渡された。従兄として淡い思慕は抱いていたが、一度会ったきりで話したこともなかった。それは手紙というより哲学的エッセイのようなもので、柔軟な感覚とあたたかい色調をのぞみみる時、あるなつかしさをもって思い浮べる人間のタイプと、深い水底に沈んでゆくような冷やかさで常に、観念化をとおしてしかものをみることのできない孤独な人間のタイプを比較し、両者がこれからどのような人生を渡ってゆくであろうかというようなことが書かれてあったように思う。たとえ、その手紙を渡されていても、十七歳の私には到底理解できなかったであろう。

彼の歌を三首記しておきたい。

しづけさに　牡丹とどろく　薄雲も　しばし動かぬ四月の真ひる
たんぽぽの　白き花くづ透けるごと　浮くごと散りて　春深みかも
再びを春は逝きけり　野薊の　やや色褪せし　砂にのこりて

（一九九九年三月）

縁にしたがう

大正十三年九月三十日、その日のことをいつか姉が物語ってくれた。姉が七つ、兄が五つ、下の兄が三つ、その日父につれられて三人は、近江八幡から神戸の埠頭にむかった。

八年ぶりで叔父がロンドンから帰国するのを迎えに行ったのである。近づく船の甲板に立つ叔父様は美しかったと姉は言う。三十歳の叔父が八年ぶりの祖国の山野を目の前にして、前年の関東大震災で日本は圧しつぶされたかの如く報道された時の悲嘆を、一掃するように青い海と山の美しい神戸の町を見入っていたのだろう。幼い三人がどんなに小さい胸をふくらませて叔父を迎えたことだろう。父もまた、特別可愛がっていた弟の久しぶりの帰国は感無量だったろう。やがて三台の人力車は神戸の町を走り、まず立寄ったのは元町の洋服屋だったという。田舎町から、それでも今日は一張羅の晴着をきせられて緊張し切っている三人は、たちまち英国仕込の、当時としては超ハイカラな洋服に着がえさせられ、特に姉の印象にのこったのはピンクの帽子だったという。フェルトの花飾りのついたかわいい帽子はよく似合った。二人の兄たちもそれぞれリボンのついた円い帽子をかぶせられて、その頃の写真が今ものこっている。次に立寄ったのは料亭である。その時の父のせりふは「何でもいいから上等の料理をどんどん持ってきてくれ」だったという。久しぶりの日本料理を弟に腹一杯たべさせたい、父の面目がみえるようだ。

その頃京都の病院で一人の女の子が生れた。入院中の母と赤ちゃんを見舞いに、一同は神戸よりまっすぐ病院へむかった。それが叔父と私の初対面だった。勿論《もちろん》私は生れたばかりで知る由もないが、その折、父母と叔父の間で決ったことなのか、母はその時覚悟を決めたと後に語っていた。

「あなたにこの娘をさし上げます」と心の中でそう言ったという。生まれたばかりのわが子を八年ぶりに出会った夫の弟に手渡す覚悟をしたとはどういうことか。いまだに私にとって謎ではあるが、こんなに年をかさねて、すでに故人となった親たちの胸ふかくに刻まれた思いをいためずに包んでいたいような気がする。後年母が茶色の小さなスーツケースを開けてみせてくれたことがあった。その中には、シンガポールとロンドンからの養父（母にとっては義弟）の手紙がぎっしりと入っていた。手紙には夏目漱石がかつて英国滞在の折に下宿していたすぐそばに住んでいることなどが書いてあった。シンガポールにいた時、何かみやげを買いたいが何がいいかといってきた時、母はただ印度更紗を、とたのんだ由。帰国の時は、何十枚もの美しい印度更紗を持ち帰ったという。母はそれを親戚中の女性にくばったり、自身も更紗の帯をいつも締めていた。その何点かは今、私や娘が締めている。赤い見事な更紗は座敷に屏風として今も飾っている。養父がまだ帝大生だった時には、九州の実家へ帰省するたび、当時大阪に住んでいた父母のもとへ立寄り、三人は人力車をつらねて芝居を見にいったり、住吉に詣でたりした。二十歳を出たばかりの母は、義弟の立ち寄る時持参する文学書や、翻訳ものの小説を何よりたのしみにしていたという。

その後、養父は東京で家庭をもったが子供に恵まれず、いつか父母に子供がほしいと洩らしていたのだろうか。そして養父は単身洋行したのである。今となればすべて縁というほかはなく、私は三歳になるかならずで東京の養父母のもとへ迎えられたのである。養父母がどんなに大切に育ててくれたかは言うまでもないが、その二年後、九州大分で祖父の法事があり、親戚一同が集まった時、まだ四歳くらいだった私はじっと穴のあくほど二年ぶりの母の顔をみつめた後、「あのおばちゃんとねんねする」と言ったという。母は私を手ばなしたものの、自分の意志で手ばなした手前、人前で嘆くこともかなわず、時々、押入れの中に入って泣いたという。そして、「あの子は死んだんやない。あの子はどこへいっても大丈夫や」と、そう心にきめたらふしぎに胸がすっと納ったという。蒸気の白くみえる夜の駅頭で、私は乳母にだかれて汽車にのった。暗いやみの線路のむこうに、赤や緑のシグナルが私の胸にやきついて、その後ずっと夜の線路に明滅するシグナルをみると、故しらぬ哀しみが湧いてくる。それは記憶というより、のちに聞かされたことと私の想像とが綯《な》い交じっているのかも知れないが。東京での私の幼い日といえば、梅の木の下でおままごとをする平穏無事な日々であったが、何か言葉にならぬ得体のしれない不安と哀しみがいつも胸の底に小さな水たまりのようにたまっていた。叱られたことも競ったこともない一人子の、開けても開けても扉のむこうに私の手をぎゅっと握ってくれる人がない、大切に箱に入れられていた人形のようなどこか虚《むな》しさがあったのであろうか、養父母にしてもそれは同じ思いであったろう。十七歳の日まで私は全く自分の境遇をしらずに過したのだった。こんなに年をかさね、多くの山河を越えてきた今となれば、縁にしたがってここまで来たとはいうものの、汲めども尽きぬ養父母の恩愛を思うのである。

（一九九九年五月）

裂のゆかり

高台寺下の石塀小路といえば京都でも知る人ぞ知る、かく言う私もここで小さな裂《きれ》展をひらくまで知らなかったのである。美しい石畳と塀、数寄屋風の小粋な家々が立ち並ぶこの一郭は、ちょっと迷路のような細い露路をくぐりぬけ、何だかパリの街中にもあるかと思われるような小路である。まだ紅梅の蕾もかたく、前庭にほんのすこし芽をのぞかせたのはほととぎすかと思われるそんな春のはじめ、吹く風に小雪もまじるお水取りのさむさも身にしむ頃、私はそこで裂のゆかり展を開いた。この画廊の女性もその母上も、いかにも京のそんな町で生き、ひっそりと暮してこられた方らしく、もの腰やさしく純粋な京言葉で話される。「知恩院はんの鐘が鳴りますやろ、ほれ、あちらからは清水《きよみず》はんの鐘が風にのってきこえてきますねんわ。もすこししたらどっか桜の花びらも散ってきます」という。友人の、京の主のような古い住人も、この町を知らなかったという。旅の若い娘達はガイドブックでちゃんと知っている町なのである。

「正倉院の染織品をみると、千数百年を経てなお、いかに人間の叡智が深く裂の中に浸透し、今日に生きているかを感じる。一枚の小さな裂の中に込める想いが限りなく広く深いものであればあるほど、人はその限られた範囲に驚くほどの集中力を発揮して、そこに小宇宙をさえ展開する。我々が大事に守ってきた伝統とは何か、果して守ってきたものは何だったのか、裂の発言力は無限であり、もっともっと自由なのだ。知らず知らずその形骸にこだわり、そこから自由に踏み出す力を衰退させていたのではないか、すべての染織品は裂からはじまり、多種多様に織り成され、染めあげられているが、その根元である裂の中に生命を吹きこまずしてはあの正倉院の裂も、あり得ないことにも気付かせられた。一枚の裂を織りはじめよう」

右は裂のゆかり展の案内文である。

やまとのうたごころにもそれはあらわれていて、日本人は機をのがさず、瞬時の変化にも「うつろいの美」を見出した。それを文字ではなくて色で。植物から導き出した色の微妙な変化、ずれ、すかし、時には思いがけない色のとり合せ、四季の織り成す変化を見のがさない目、それはまさに感覚そのものの世界でありながら、その裏付けとして平安の王朝文化、仏教思想が寄り添っている。色彩の世界にそれらの裂というものをすえて、もう一度まっさらな気持ちで見直そう、四十年余りひたすら織ってきて、裂とは何？ ということを考えたこともなかった。もう最終段階に入ってきて、漸《ようや》くその事を考えようと思うようになった。

無地の裂を中心に並べてみよう。平安の昔から日本には襲《かさね》の色目という世界がある。色の濃淡、取り合わせのみによって、移りゆく自然を、人々の心映えを、或る時は文学以上に物語り、絵巻以上に華麗な色彩世界を描き出す。

あの平安期になぜあの様に、抜群の色彩表現が可能になったか。その後の各時代を見渡しても、かほどの絢爛たる優雅な表現力は見出すことができないほどある。それは私にとって解き明かすことのできない深い謎でもある。

その色彩世界の一端を裂の世界に導入し、私なりの襲色目を表現できないかと、少々大それたことを考えはじめたのである。若い時ならとても考えられなかったかもしれない、もし考えたとしても、それはずっとずっと先のこと、一生果せるかどうかもわからないと思っていた。併《しか》し、私ももはや七十を半ばすぎ、いつ仕事ができなくなるかも分らない年齢である。たとえ生きていても、それだけのエネルギー、精魂をかたむけた仕事がいつまでできるかどうか分らないと思うと、もう大それた、とか言ってためらってはいられない。

今、何としてもやりたいと思うようになった。勿論《もちろん》あとを受け継いで下さる方はあると思う。併し、京都嵯峨野に住みついて三十余年、年々に周囲の状況は変化し、かつて数歩野道をゆけば、茜草が地に這い、げんのしょうこ、からすのえんどう、八重葎が茂り、どこを歩いても染の材料は豊かであった。まだまだ山野に分け入ればいくらでもあるにはちがいないが、それとて刻々に滅んでゆく道程にある。朝に夕に遠く比叡山を拝し、愛宕山に雲や霧の流れるのを見てきた。小倉山、嵐山に春秋をたのしみ、その中で培ってきた草木への慈しみと親しみはもう二どとかえらないであろう。今、染めておきたい、今、織りのこしておきたい、大正に生れ、昭和、平成と生きた人間として、日本の色を一色でも染めておきたいと願う心は日、一日と深まるばかりである。何色染められるだろう、私の襲色目が。今日までも数多く染めてきた色は、百色は下らないかもしれない。

併し、一色として本当は満足していないのである。今回も数ある無地の裂から本当に満足できる色を七色《なないろ》選び出そうとして戸惑った。何と少ないことだろう、たった七色、その七色がたった一組しか選べなかった。それほど色の世界は厳しい。三十余年何を染めてきたのか、自分に烈《はげ》しく問いかけたい。もう時間はそんなに残っていないのだ。併し私は染めなくてはならない、と思っている。

（一九九九年七月）

紫のひともと故に…

千余年の昔、紫式部が創造した紫のゆかり『源氏物語』は、実に野に咲くひともとの紫草からその端を発したのではないかと思う。

もし紫草の咲く野辺がなかったら、この物語はどうなっていたであろう。それほどこの物語の発端から、その中枢をなす人物の性格、運命、全体の骨組にいたるまで紫は浸透している。色彩が先導の美神となって物語の命運を担い、その起承転結をいざなっていった大長編小説は、世界にも比類のないものではないだろうか。紫という色彩の持つ高貴さ、憧憬をさそわずにはいられない登場人物の美貌と知性、そして悲運等々、それらは小説としての必須の条件を備えて余りある。それが、「紫のひともと故にむさし野の草はみながらあはれとぞみる」(『古今和歌集』第十七雑歌　よみ人しらず）とうたわれているように、可憐な野の花から想を発しているという。その紫草を私は一目見たいと思っていた。

折しも「紫草の花が咲きそろいました。一度お出かけになりませんか」と福知山の知人からおさそいの声がかかった。福知山の天藤製薬を経営される大槻さんは、御子息に社長職をゆずられてから、何か天啓の如く紫草の栽培、研究をその余生をかけてやって行こうと決心されたという。紫草の根、即ち紫根から製造される薬の原料は今は主に中国、内蒙の方から輸入しておられるそうだが、昔は万葉の時代から紫野といわれるほど、京都、滋賀には天然の紫草が多く生えていたのである。近年気候の温暖化により、次第次第に東北、秋田、岩手の方に移動していったが、遂にそれらも自生のものはほとんど絶滅に近く、ごくわずか栽培しているにすぎない。したがって外来のものにたよるしかないのだった。私も今日までずっと中国内蒙の紫根を使っている現状である。日本の紫根で染めたい、というのは久しく私の念願しているところではあるが、今のところまったく不可能である。

今花のまっ盛り、という言葉に一も二もなく心ひかれて、私は福知山へ伺った。農場に着くと、数人の方々が今しも紫根を掘り出されているところだった。温室の中は白い清楚な小花の群、群、あの紫の色からはまったく予想もつかない五ミリほどのかわいい五弁の花だった。

「えっ、これが紫草の花ですか」私は思わずそう呟いた。しかし今、土の中から掘り起こされた根はまぎれもなく濃い赤紫である。こまかいひげを一杯につけて掘り出されてきた根は三十センチあまり、昨年植えたものが早くもこんなに大きな根をつけているのだ。一寸《ちょっと》つまんでみると、忽《たちま》ち爪がまっ赤に染まる。「ああ、いい色に染まりそうだ」。私は食欲ならぬ染色欲に突き動かされる。こんな新鮮な根で即刻染めてみたい。大槻さんは土はどんなのがいいか、花は早めに摘み取ってしまうのがいいのかなど、さまざまの試行錯誤をして研究していられる。

「今は栽培しているが、いずれ野にかえしたい。自然に育つようにはどうすればよいか。自分は会社の経営などの第一線をひいて、ようやく紫草とま向きになって共に生きようとしている。いつまでも輸入にたよってはいられない。もし輸入が禁止されるような時が来たら、その時あわててもおそいのだ。私は余生をかけて紫草と付き合うつもりです」と話される。私もまたいつの日か日本の紫根のみで、美しい日本の紫を染めたい。万葉の昔からうたわれる「紫は灰指すものぞ海石榴市《つばいち》の八十《やそ》の衢《ちまた》に逢へる児や誰」（『万葉集』巻十二）のように、古来にのっとった仕方で古代紫を深く深く染めてみたい。

植物染料の中で最もむつかしい染は、紫と藍だと私は思っている。紫は椿灰の媒染にかぎる。その灰の純度、透明な気品ある紫を出すのには、紫根の新鮮さ、良質のものによらなければならないのは勿論《もちろん》であるが、何といっても灰による瞬時の変化、結晶の如き色の出現である。それはまさに予期せぬ如く、突然にあらわれる。私たちの予想を越えて、全く無惨な色に終ることもある。たとえ色は濃く出たとしても、肝心なのは品格である。色の品格こそ染色の生命である。紫はその中でもとくにそれが求められる。灰の濃さ、うすさによって、青みの紫、赤みの紫、江戸好みの紫、上方の古代紫——いずれにせよ、色に気品がなくては問題にならない。まさに色は自分を映す、恐ろしいほど自分をさらけ出すものである。同じ材料、同じ手法をつかっても、ひとりひとり全部違うのである。どこでどう違うのか、微妙である。とくに紫根を染める時、それが一ばんよくわかる。私はいまだかつて自分で「これでよし」と思う紫を染めたことがない。かつて唐組紐をされていた深見重助翁の染められた紫に遠く及ばないのである。深見さんは宮中や伊勢神宮のお仕事をされていて、その心組みは古代の人が神に仕えるのと同じく、神聖な領域のお仕事であった。かつて私は親しく教えを乞う機会があったが、すでに時代は再びかえらず、深見さんの精神そして仕事は、深見さんの中にとどまったと言うしかない。
福知山を辞する時、大槻さんから数株の紫草をいただいた。今小さな庭のまん中にその数株を植え、朝に夕に、その生育のすこやかなことを願って見守っている。小さな株がやがて白い花をつけ、ごま粒のような種子をつけ、根に紫の色を宿す日を待ちのぞんでいるのである。

（一九九九年九月）

魔法のようにやさしい手

二年前、はじめてこの稿に「物を創ることは汚すことだ」と書いたが、今ふたたびその想いの前に立っている。

この頃、素材の無垢な姿をそのまま表現できないかと、しきりに考えている。素材は素材であるかぎり、どんなに素晴しくてもそれが棚になり、机になり、香合《こうごう》にならなければ物創りとは言えない。

先日黒田辰秋氏の作品をみた時、素材を熟知したものがいかにその素材を充分に生かすか、を痛感した。一つの木塊がこれほど重厚な棚になり、華麗な螺鈿棗《らでんなつめ》に変容する。決して物を創ることは汚すことではない。美を生むことなのだ。或る時氏は、この木塊の中から棗《なつめ》をとり出すのだ、仏師は木塊の中から仏におでましいただくのだ、といわれた。すでに木の中に存在する、その出現の手伝いをするというようなことをいわれた。併《しか》しそれは物を創る上の窮極の言葉。みだりに言葉にしてはならない禁句であろう。万に一人の黒田氏のような人の言であって、我々は依然、物を汚すか、生み出すかの瀬戸際で苦しんでいる。日々織にむかう私にとって、糸とのつき合いは切っても切りはなせない。糸は糸そのものである時が最も美しい。繭からひき出された汚れをしらない糸、藁灰汁《あく》で練り、水洗し、干し揚った糸の純白な弾力ある輝き、きゅっと手に握った時の張りのある手ごたえは、「さぁ、何を織ろう」という身内から湧く悦びに呼応する。併し次の瞬間、そこに「織ると死ぬ」という言葉が待っている。経と緯という厳しい制約がはじまる。糸は美しい色を得るために炊かれ、絞られ、撓《たわ》められて、火と水の試練をうける。

経糸が空間に張られると、赤や緑、黄の縞、絣《かすり》、暈《ぼか》しなどが宙に浮き、たゆたって最も美しい状態になる。そこから再び、織ると死ぬという規制がはじまる。経糸が自在な緯糸に侵入されて固定化する。〝織る〟ということは、経という必然と緯という偶然が交差して布が生まれることである。それは我々の日常とよく似ている。今日という日をいかに生きるか、今日という日は否応なくあたえられた必然であり、その一日に何が起こるか、我々の自由であり、偶然でもある。織物は凝縮された人生である。私とてそんなことを考えながら織物をしているわけではない。むしろそんなことをすっかり忘れて目の前のことに心を奪われて夢中で織っている。併しふと夜ねる前など我にかえるとそんな想いが湧くのである。

今、私は天蚕《てんさん》の、細い煙のような糸で経、緯を織っている。

そんな糸で織れるか、自他共に不安であったが、何しろ一度はやってみたい、天蚕の輝く無垢な糸そのままで。

果して、糸はもつれ、切れ、正体もないほどにもけてしまう。

それをためつ、すがめつ、いたわりつつ、だましだまし織っている。一日に三十センチ織れればいい方である。日によって十センチも織れない。糸があまりに細いため、織っても織ってもすすまない。切れる。ももけて綜絖《そうこう》の口があかない。私は三重苦の織物だと思った。織れた布はうす緑の得もいわれない透けた羽のようである。一メートルも織りすすんだ時、さすがに根がつきてもう止めよう、と思った。これ以上もう織れない、という思いとまったく同時に、もっと織りたい、この布で着物を織ろうと突然思い立った。自分でもふしぎだった。何がそういう思いにさせたのか、糸のせいではないか、私はそう思った。

天蚕の糸はいかに美しくとも、布になり、人の目にふれ、手にふれ体にまとってもらわなくてはその使命を果すことはできない。

それにはどうしても人の手が、思いがいる、創意がいる。そんな風に天蚕の糸が私に呼びかけたように思った。四十年近く仕事をしてきて、常に私は色のこと、デザインのことを思わない日はなかった。ところが天蚕に出会って以来、色もデザインも全くない世界、素材そのものの世界に魅入られてしまった。人間の狭小《せま》い考えなど問題にもならないほど天蚕の糸はそのままで多くを語っている。語る以前の、無言の力である。併し、人間がそれをあつかうことは至難である。何より私に重大なことは、織り上ったものが天蚕を汚してはいないか、ということである。

手織の、何といって変哲もないただの織物であればあるほど、その表現は純乎とした美を備えているはずであるのに、今私の織っている布は糸が切れ、ももけて無残な姿をしている。こんな傷だらけのものにしてしまって天蚕に申しわけないのである。

それでも私は止められない。切れて切れて、ああもう駄目だ、と思った翌朝、なぜか手が糸にふれた瞬間、「魔法のようにやさしい手」があるような気がした。そのやさししい手でこの糸にふれれば切れないのではないか、魔法のように切れないのではないか、とそう思った。事実、ふしぎというほかはない。その日糸はほとんど切れなかったのだ。いつもの倍くらい織れたのだ。魔法の手はこの世にきっとあるにちがいない。たとえ一日でもそのやさしい手が宿ってくれたなら、糸を汚したり、物を汚すことはなく、その本来の美しさの方向へむかうことができるだろう。

（一九九九年十一月）

桜を染める

世にいう桜色とはどういう色をいうのかと思うに、それはうす絹の白さのむこうにほんのり紅をさしたうすもも色をいうのではないだろうか。どう考えても、じかに紅を感じる色ではない。たとえば白い花びらに朝の陽が映えてうす紅色になっている。そんなきよらかな風情を思い浮べる。実際に桜の幹や枝を炊いて染液をとり、染めてみると、白い糸が上気して紅をさしたとしか思われない。真珠母色とでもいうのか、ある半透明な影を帯びていて、うすもいろに淡い灰色のヴェールがかかっているような気がする。おおかたの植物染料から得た色はどこかにその気配があって、梅にしても枇杷にしても、やわらかいうす紅色なのだが決して単一な色ではない。そこに何ともいえぬ艶な渋みがあるのだろう。それ故、桜で染めた着物は、まだ稚《おさ》なげな面影ののこっている少女から、中老にいたるまで女性の姿をすっぽりと包みこんで何とも美しい風情なのである。

この秋、京都の西北の山の中の小さな村で、思いがけずみづね桜の切り倒したところへ行き会った。

「どうなさるのですか」とたずねると、「邪魔になるから切り倒しただけや。枯らして燃やそうかと思っている」と言われ、私は即座に、「いただきます、是非」と言った。

車の後部におしこんで持ち帰ったその枝や幹を翌日、待ちかねて染めてみた。こんこんと枝から、幹から色がにじみ出る。赤茶に近いその液から、「これは染まる」という確信を得て、次々、糸をその液に漬けて煮染めした。木灰汁《あく》、石灰、鉄などでそれぞれ媒染をこころみる。うすも色、ベージュ、茶、鼠色等々、それぞれの媒染によって味のあるいい色に染まった。どれもこれも渋い役者のように風格があり、気品があり、奥床しい色気がある。

かねがね、みづね桜はよい染料だときいていた。ずっと以前、群馬の水上の山中で村の古老から、みづね桜はいい色がでるときいていた。普通の桜とはちがって小さな白い花が房状に咲くのは図鑑でもみている。しかし今こうして何色か染め分けてみると、つい先頃金剛能楽堂の虫干しの時に拝見した金剛裂《ぎれ》の色どりを彷彿とさせるものがある。あのような縞を織ってみたい。茶と白茶と鼠の中に渋い藍がとおっていて全体をひきしめ、格調高い能装束であった。とてもあれほどのものは希《のぞ》めない。しかし人里はなれた山中にぽつねんと何年か生きていたみづね桜が、或る日、突然切り倒された。そのまま枯れ絶えるか、燃される運命だった桜が偶然にとおりかかった私のもとへきて、本来の色がよみがえったのかも知れない。とすれば能の中にでてくるみづね桜の亡霊か何かが舞台の上でこの衣裳をきて舞ったとてふしぎはないと、ふとそんな幻を描いてみたりする。

色とはそのようにふしぎな霊力をもっている。まして桜には何かしらおのずと備った天与の力がある。その力を知らないものには、或《あるい》はそのことに気づかずして桜を染めても本来の色は出ないのではあるまいか。かく言う私もまだその力を知り得ていない。まして桜の色の霊力にふれることなどいまだかつてあったためしはないのである。にもかかわらず、何となく桜やそのほかの植物を染めていて、そんな思いにおそわれるのは何としたことであろう。

私にその力がなく、こぼれ落ちてゆく色の精がなげいているのではあるまいか。訴えているのではあるまいか。ひとはあまりに自分の欲望にそそのかされ、色を色とも思わず、まして植物の精の訴えなどきこうともせず、ひたすら美しい色を求めて樹を切り刻んで炊き出し、染めている。

併《しか》しふと耳にきこえてくるものは桜の精のささやきである。あのうす絹のむこうにうす紅をさした色がささやきかける。無量に咲くしだれ桜の花のもとで私は、毎年そのささやきをきいている。嵯峨の広沢のほとりの、佐野藤右衛門さんの桜の樹の下で。

（二〇〇一年三月）

糸、いとしきもの

この頃糸について考えさせられている。

四十年近く私は糸と深いつき合いをしてきた。切ってもきれない仲、それが糸である。糸をいとしいと言う、小さな糸屑《いとくず》までいとしい、捨てられない。経糸ののこりがたまっている、実にさまざまの色々、かぎりない糸の群だ。晴れた春の朝、染め上った朱や水浅黄の糸を竿に干す。風にゆれ、輝いている、そのむこうに嵯峨の山々。小倉山、愛宕山。そろそろ若葉がもえ立っている。その色の何と自然の山々と調和していることだろう。糸は蚕の口から白い繭に形づくられ、その糸口からするすると魔法のように銀色に光る糸が無限に繰り出される。一つ一つの繭、形も色艶もそれぞれ少しずつ違う、それを何本かに撚《よ》り合せ、整練して一本の絹糸にするまで、どんなに多くの工程を慎重に心こめてたどってくることだろう。私のところでは、麦藁の灰の灰汁《あく》で、生絹を二時間丁寧に練って洗って干す。昨日もその作業をみなで一日かけて行った。練りむら、練りすぎのないように、完全に干し上るまでハラハラしながら、一綛《かせ》の輝くまっ白な糸を手にした時は胸が熱くなるほどうれしい。練りむらができたり、ゴワゴワになったり、もつれたり、かさかさになったりした時は胸がしぼんでしまうほど哀しい。なぜこうなったの、とみな真剣に考え、あれこれ原因をさがして再度挑戦する。何十年やっても失敗はつきものである。なぜなら糸はその都度都度違うからである。その年の天候、蚕の発育具合、養蚕農家の事情、整糸、整練、撚糸《ねんし》の状態、そして私達織り手の心がけ、実にさまざまの、一つとして同じもののない条件が複雑に組合されているからである。どんな糸が最高か、それは一口では言えないが、あえていうならば、この一言をいいたい。いきいきとした糸、はりのある底光りのする凛とした糸の表情。それは人間も同じかもしれない。一日一日凛とした気持で生きてゆきたいと切に願うのである。

（一九九九年初夏）

自然という書物

自然はどこかに人を引きつける蜜のようなもの、毒のようなものを、あの蜘蛛の巣の美しい網のようにひろげていて、私はそこに引っかかり穴から落ちたアリスのようなものだった。その入口は緑である。

植物の緑、その緑がなぜか染まらない。あの瑞々《みずみず》しい緑の葉っぱを絞って白い糸に染めようとしても緑は数刻にして消えてゆく。どこへ――。この緑の秘密が私を色彩世界へ導いていった。

原則としては、花から色は染まらない。というのは、あの美しい花の色はすでにこの世に出てしまった色なのである。植物はその周期によって色の質がちがう。たとえば桜は花の咲く前に幹全体に貯えた色をこちらがいただくのである。花が咲いたり実がみのったりしたあとでは色の生気がちがう。葉、幹、根、実は、それぞれ色の主張をもっている。そのほか謎は限りなくちりばめられているけれど、その中で一貫して思うことは、宇宙の運行、自然の法則があらゆるものの細部にまで浸透し、その生命を司《つかさど》っているということだった。仕事をはじめて十年余り、徐々に膨らむ謎の奥に何か足がかりが欲しい、私が何故か、と思うことに答えてほしいと絶えず求めていた。

そんな時、出会ったのがゲーテの「色彩論」だった。『自然と象徴』(冨山房百科文庫一九八二年)によって謎が次々に解けるばかりではなく、今まで私が漠然と求めていた感覚の世界に的確な足がかりがあたえられたのである。含蓄ある一点、導きの糸は、そこからするすると紐が解けるように私を色彩世界の扉へと導いてくれた。

緑の戸口には次のように書かれていた。

「光のすぐそばにわれわれが黄と呼ぶ色彩があらわれ、闇のすぐそばには青という言葉で表される色彩があらわれる。この黄と青とが最も純粋な状態で、完全に均衡を保つように混合されると、緑と呼ばれる第三の色彩が出現する」

(『色彩論』序)

緑は第三の色なのである。直接植物の緑から緑はでないはずである。闇と光がこの地上に生み出した最初の色、緑、生命の色、嬰児《みどりご》である。一度この世に出現した植物の緑は、次の次元へ移行しつつある生命現象のひとつである。一度まわりだしたフィルムをまきかえすことはできない。あの植物の緑は人間と同じようにこの地上に受肉した色なのである。それならば植物によっていかに緑を染め出すことができるだろうか。

藍という植物を刈取り、発酵させ、乾燥させて蒅《すくも》という状態にしたものを、甕に入れ、木灰汁《あく》、石灰、酒等々で再び発酵させ、藍という染料を仕上げてゆくことは、一つの芸といわれるほど難しいとされている。見事に藍が建ち（発酵し生命を宿すこと）染められる状態になった時、白い糸を甕の中につけて、数分後空気中に引き上げて絞り切った時、この世ならぬ美しい緑（エメラルド・グリーン）が出現する。併《しか》し数秒にして消える。緑は逃げてゆく。そのあとに空気にふれた部分から青色があらわれる。瞬間にして消えるあの緑を、人は、「なに酸化しただけじゃないか」と言うかもしれない。併し、その瞬間をこの目でしっかりと見届けたあの緑こそ、自然が秘密を打ち明けてくれた瞬間なのである。消えてゆくものに自然は深い真実を宿している。闇に最も近い青は、あの藍甕のなかから誕生した。光に最も近い黄は、山野で充分太陽の光を浴びて育った植物、刈安《かりやす》、黄檗《きはだ》、支子《くちなし》、楊梅《ようばい》等々で染められる。その黄色の糸を藍甕につける。闇と光の混合である。そして輝くばかりの美しい緑を得るのである。

こうして、われわれは仕事のうちに期せずしてゲーテの色彩論の実践、自然の開示をうけている。にもかかわらず、現実に目で見るということには三つの問題があると思う。一つは目にみえる現象は現象として何の疑いもなく当然《あたりまえ》のこととして無意識に受け入れる。もう一つは分析し、観察し、量の世界におきかえる近代科学の道、そしてもう一つはこの目でみたものを、なぜか、いかにしてこうなったのかと一つの理念にむけて思考する道である。私はゲーテの色彩論に出会うまで、この目でみた現象を、たとえ幻のごとく消え去ったとしても、なぜその姿をあらわしたのか、それを神秘としてヴェールの奥にしまいこむしかなかったのである。

「宇宙を、その最も大きく拡張した姿や、もはやこれ以上分割しえないほど小さな姿において観察してみると、全体の根柢に一つの理念があり、それにもとづいて神は自然のなかで、自然は神のなかで、永劫の過去から永劫の未来へと創造し、活動しているものだという考えをわれわれは斥《しりぞ》けることができない。直観し、観察し、熟考することによって、われわれは宇宙の秘密に近づくことができる」

（方法論〈理念と経験〉）

私は直観し、観察し、熟考することによって、自然の本質が生き生きと存在し、絶えずメタモルフォーゼしている、そしてその根底に一つの理念が存在することを、少しずつ理解するようになった。色彩は従来考えていたような単なる色ではなく、自然界の光と、人間の精神とが相寄ったときに顕現する宇宙のメッセージであり、光の行為と受苦であることを伝えられた。

ゲーテは、もし自分が自然科学を研究しなかったらこれほど純粋な直観や思考の世界が開けることはなかっただろうといっている。彼の学問は、形態学をはじめ、動物、植物、鉱物と幅広く、とくに植物に関しては、植物の方からゲーテを追いかけてやまぬほど彼の魂の中に入り込み、最も単純な形としての原植物を産み出したのである。

自然は嘘をつかずこの上なく正直で、過失や誤りをおかすのはつねに人間である。ただしひたすら自然にむかってその神性に触れようと願うものには、胸を開いて秘密を打ち明けてくれるという。ゲーテがいかに自然という書物を熟読し、その一頁一行に隠された真実を受けとめてわれわれに提示してくれたことだろう。

四十余年前、美しい網に引っかかり、アリスの穴からころげ落ちたとき、小さな書物が落ちていたのだろう。それを取りあげて読むうち、本は次第に大きくなり、宇宙ほどに大きくなった。豆粒ほどの私はその一頁も読めないけれど、それは驚きに満ち、目をみはらせる自然という書物だった。

（一九九九年十二月）

未知への旅

「夜の明けきらぬうすあかりの中で、私はさだかには見えないものを摑みたいと思っていた。心のどこかではしっかりこの手に握りしめることが出来るという確信はあるのだが、あたりは暗く、ともすると闇に吸い込まれそうになるのだった。二十数年前、私は小さな田舎の街の明るい飾窓の前に立ちつくして、まだ自分の仕事は、薄くらがりの中にあることを感じていた。織物というどこをどうむいても逃れようのない制約の中で次第に身動きのとれなくなる思いから一刻も早く解放されて糸と色を駆使して自由な世界に飛び立ちたい、そんな明暗の綯《な》いまざった中を私は行きつ戻りつしていたのである」

（『一色一生』今日の造形〈織〉と私）

これは今から二十年近く前に書いた文章であるから、この思いを抱いていたのはすでに四十年以上前のことになる。思えばはるかに歩いてきたものかな、という感慨をいだかずにはいられない。

身動きのとれない制約、それはどんな仕事にも、芸術や工芸にかかわる仕事だけではなく、文章をかくにしても、スポーツをするにしても、同様の苦しい時期は必ずある。いつ、どんなことでその制約から解放されるのか、自分でも無意識に近い状態で通過するのだろう。ただ、あたえられたその仕事を一日たりとも放置することができず、自分と仕事とがどこかで一体化してしまい、気付いてみれば深くはまりこんでいたということになるのかもしれない。併《しか》し現実はそう単純には運ばないもので、その間の迷いや煩悶は、いかに仕事を愛していようと、圧《お》し潰《つぶ》されそうに強烈なものである。私も仕事をはじめて十年くらいの間は、冒頭にかいたようにまだ明けきらぬ夜明けのうす暗がりの中にいて悩んでいた。今でこそ人は自由に織物を表現手段として作品を発表する時代になったけれど、四十数年前は全く皆無な状態だった。紬《つむぎ》、などというものは、地方の養蚕農家で製糸工場にも出せない屑繭《くずまゆ》を手で紬《つむ》いで地機《じばた》で織ったもの、という位の認識しかなかったのである。世はあげて近代化、機械文明にむかっていたから、そういう不揃いの、人の手の匂いのするような素朴きわまりない織物に着目することは、いわば源流にむかって素足で歩いてゆくような不安があった。併しすでに民芸の創始者である柳宗悦先生は、大正の末期頃よりそれら見捨てられようとする民衆の仕事、雑器やぼろ織に新しい美を発見されていた。時代を逆流するというか、先取りするというか、すでに近代文明の行き着く先を見抜いていられたのであろう。物の創り出される必然の原理が存在し、その背後に哲理や宗教の世界が展開し、美の法門が開かれていることを開示された。私がこの師に導かれ、『工芸の道』という著作に最初に接したことは幸運であった。というより決定的だったといわねばならない。

旅行にでるにも重いその本を手離さずに持ち歩いたほどその頃の私にとっての支柱であったとはいえ、現実はわずかの信念など吹き飛ばすほどきびしく、二人の幼児をかかえての生活は、糸を布にすることはやさしいが、布を金にすることはむつかしい、という諺どおり、織物を自己の内面表現の手段にしようなどという甘い夢は幾度かふみにじられた。併し私には「心のどこかにはしっかりこの手で握りしめることができるという確信」のようなものが常にあったように思う。それは今にして思えば時代の要請のようなものだったかもしれない。織物をはじめて三年後、いきなり工芸展に入選、連続受賞など自分では思ってもみないことだった。農家の屑織を手本にして織った藍染の、「秋霞」という作品が選ばれたのも偶然ではなかったかもしれない。

あれから幾星霜、私は「秋霞」から旅立ち、何ども踏み迷いつつ、再び「秋霞」にもどるという旅をつづけた。そこには日本の母層ともいうべき慎《つつま》しくも豊かで、聡明な母達の山野があった。野の花があった。

植物から無償の色彩を溢れるばかり受け入れる日々だった。織る以前に色があり、糸があった。蚕の命の糸を植物の命である色で染める、それを人の手によって織る、見事な循環がそこにあることさえ気付かなかった。

あまりに自然の流れであり、人はそこに身をゆだねることさえ意識しないようだった。今振りかえってみて、その無償の恩恵の中に生きたことを若い次代の人々にいかに伝え、受け継いでほしいかを考える。勿論《もちろん》、そんなことは伝えようとして伝わるものではないこともよく知っている。併し七十代を半ば越えた今、大きなしめくくりをしなくてはならない時期にさしかかっている。時代が私を見出し支えてくれたとしたら、次の時代にはまた新たな発見、新たな崩壊があって、私など思いもよらない展開が待っているだろう。

そんなこともおぼろげながら予知される昨今、思いがけないお申込みが韓国からあって、この五月ソウルの草田織維博物館で私共母娘の染織展を開催することになった。館長の金順姫《キムスニ》さんがわざわざ京都までお越し下さり、日本の着物を韓国で展観することが実現したのだった。哀しい両国の関係を思い、日本の着物が韓国の方々に決してよい印象をあたえていないことをかねがね思っていた私は多少のためらいもあったが、時代は大きく変り、折しも北朝鮮の金正日《キムジョンイル》氏と韓国の金大中《キムデジュン》氏が歴史的な会見をするその日に、ソウルで会は開かれたのだった。レセプションの日、熱気に溢れた温かい眼ざしが会場の着物の上にそそがれていることを知り、私は長い胸の痛みが溶けてゆくような喜びを感じた。

十数年前より私達は韓国に対しずっと想いを寄せていた。彼《か》の国の文化と歴史を知り、新しい友人関係をもち、ハングルを学び、三千里の読書会、度々の訪韓などで偶々《たまたま》、金梅子《キムメイジャ》さんという舞踊家と知り合い、今日までずっと親交を深めてきた。その金梅子さんが金順姫さんを紹介して下さったのである。単に着物というのではなく、一人の人間の仕事、草木で染め織る作業、それらに韓国の女性は並々ならぬ好奇心をもって集ってきた。会期中の一日、金館長と共に早朝より南山に登り、草木を集めてきて、実習を行った。その時の熱気は今も忘れられない。要望に応じて二回も行い、二百人近くの人が集った。何かやりたい、身近かにある植物で染めたい、これならば自分にもできる、韓国の女性はそう思ったにちがいない。時代はそういう充実した自己表現の場を女性にも与えようとしている。その上、韓国の女性には驚くべきパワーがある。私は圧倒された。実習二回目の時、遠く全羅南道あたりから、草木や根を煮出した大鍋、糸、布、材料を車に山と積んであらわれた女性がある。後半の実習はその方にゆずったのは勿論である。すでに下地と準備は充分にある、きっと数年をいでずして韓国に草木染、手織等々の工芸がますます盛んになるだろう。我々は今まで韓国を知らなすぎた。韓国も日本を知らなすぎる。今まで韓国のチマチョゴリといえばピンクや明るい緑を想像する方が多かったと思う。全く違うのだ。今回お知り合いになったイ・ヨンヒさんは世界的なファッションデザイナーで、その色彩感覚の優秀なことは舌を巻くばかりであった。渋くはなやかで、明るく落ついた色調といえばよいのか。気品に溢れかわいらしいチマチョゴリ、私も忽《たちま》ちファンとなり、一着つくっていただいたほどである。

そのほか組ひもと結びとを組み合せ、玉や宝石、ヒスイ、メノウなどをちりばめたノリゲという飾り結びの品々、世界の一級品ともいえるそれらの芸術作品を私達は今まで全く知らなかった。ノリゲ作家キム・ヒジンさんは品格の高い教養ある婦人で、そのお仕事ぶり、生活には全く魅了された。これからお互いの国の美しいものを通して交流がはじまろうとしている。

私もこの年になってなぜか次第に世界がひろがってゆく。特に望んでいるわけでもないのに、先年来、トルコ、イラン、韓国へ旅し、彼の国の染織を調べ、正倉院のルーツをたどることになった。その話になるとまだまだ筆が止まりそうもないのでまたの機会にゆずりたいと思う。六十をすぎた頃、そろそろ山にこもって一人静かに機《はた》を織り、本を読みたいと、山小舎のようなものを建て週末には必ずかよっていたのに、近年、いつの間にか足が遠のき、以前より外国へでかける機会が多くなったのはどうしたことだろう。これも時代の要請によるものか。そんな勝手ないいわけをして未知の世界に旅することの楽しさを味わっているが、それは今日まで続けてきた仕事が求めている最後のものなのかもしれないと思っている。

（二〇〇一年一月）

織、旅、読むこと

短い人間の一生の中でただ一つのことをやり続ける。それは至極当り前のことで今更言うべきことでもないのに、数ヶ月前にそのことに深く思いあたり、釈迦堂の築地沿いに歩いている時、自分の胸を誰かに叩かれたように実感した。しかしその思いあたった実体が何であったかどうしても思い出せない。頼りないことだとは思うが、それは今日まで積みかさね、さまざまの人の歴史や物事の成り立ちを見、体験しておのずとこの一本の道にたどりついたのかと思う。思い当ったそれは、ごく些細なことでも、その背後にまるで将棋の駒が一斉に倒れてゆくように連鎖してそう思い当ったのだ。

私のように染織の全体から見ればごく小さい部分の、紬《つむぎ》織りとか植物染料で染めるとかいう仕事でも、その背後の歴史とかルーツをたどれば意外とひろい世界が展開し、文化人類学とかゲーテの色彩論とかにまでひろがってゆきそうだが、とてもそこまで手の届くはずもなく、少し嚙ったくらいで何も分ってはいない。

戦後五十数年、正倉院の扉が開き、私達は毎年秋それを拝観することができるようになった。毎年拝観するうちに、これ程の信じがたい高い水準の工芸品が千二百年近く校倉《あぜくら》に保存され、そのことごとくが聖武天皇の遺愛品、東大寺大仏建立の献納物と出所が明らかで、伝承品としてのこされていたことに驚嘆すると共に、いつの頃からか、もっと知りたいという身の程しらずの思いが湧き、本を繙《ひもと》いたり、その道の学者におたずねしたりしているうち、機会があって、染織品のルーツである中近東ペルシャ（今のイラン）を訪ねることになった。

今日の日本の染織品の根もとにあたるそれらの染織品は、ペルシャ・ササン朝あたりに端を発し、中国唐代を経て日本に渡来した。その高度の技術と美意識がすでに土壌として日本に存在したことも驚異である。東大寺落慶の際には多くの渡来僧、胡人などが参列したというが、その頃にはいわゆる外国の文化がすでに浸透し、それを受け入れるだけの素地は充分に出来ていたのであろう。それにしても、それらを吟味し、咀嚼《そしやく》し、我が国の風土、心情をも加味して最も美的に表現した装飾品のかずかずは、染織品にかぎらず楽器も、什器も、今日いかような科学技術を駆使してもその足もとにも及ばず、全く異質の天上的世界からの指令によるとしか思えないほどの宝物群である。

私はかつて、世界で最も美しいものの降り注いだ国はペルシャだと、思いさだめていた。写真でしかみたことのなかったエスファハーン、シラーズのブルーモスク、数知れない青いタイルを敷きつめ、積み上げ、遂に天にまでとどくかと思われる大聖堂や塔《ミナレット》に刻みこまれたアラビヤ文字の神秘的な線の美しさ、そのような世界に突然まぎれこむようにして訪れた自分がいまだに信じられない。あれは夢の世界である。喧噪や、人いきれや香物の匂いの中から見上げると、あのカーンと高い高い蒼い天空からふりそそぐ光の放射、人が地上に築き、描いたものの頂点を極めたブルーモスク、カリグラフィー、ペルシャ錦。

私達の目的はそのペルシャ錦だった。正倉院の染織のルーツといえばこの国の錦である。テヘランの文化庁で物々しい許可の札をいただき、胸に下げて各地のミュージアムをたずねたが、遂に正倉院に匹敵する裂《きれ》の断片すら容易に見出すことはできなかった。わずかにエスファハーンのミュージアムのガラスケースの奥にその断片をみつけて喜んだが、その様子をみていた女性の館長がさすがに心を動かしてくれたのか、地下室から恭々《うやうや》しく数領の錦をかかげてあらわれた。それらはたしかに真正のペルシャ錦、その館の庭に咲く、真紅の薔薇や鶏頭の色を今むしりとって染めつけたかと思うほど鮮やかで、金や銀が蜘蛛の糸のようにからみ合い、煙るように香気豊かなペルシャの世界だった。その数領でペルシャを訪れた甲斐はあったというものの、現代にその名残りや片鱗は全く見出すことが出来なかった。尤《もっと》も今世界中でどんな技術をもってしても、その再現は不可能であるし、得てして似て非なるものが模造品としてあらわれていることを思えば、いっそ何もないことの方が納得がいくように思われた。

現代から隔絶されたようにみえる昔ながらの風習や規律の中に、たとえば黒いチャドルをまとう女性の神秘的な美しさの陰に、チラッと現代の鮮明な色彩の躍るようなひらめきを垣間みたり、彼女達が充分に今を意識し、どこかで共有していることを感じとることはできたのだが、一抹の物足りなさも残った。人はなぜか閉ざされた秘密の扉をのぞきみ、そこに何か信じられないほどの神秘性を求めたりするものである。たしかに私達もまだ開かない、或《あるい》はもう一ど閉ざされた闇の部分に心ひかれ、憧れを抱いたまま帰国した。

さて、日本に帰ってふりかえってみると、人は外国にいってはじめて故国のことがわかるものだとつくづく思ったのだが、正倉院を起点として、室町、桃山、江戸と絶えることなく続いてきたその伝統の力というか、息吹きというかを、あえて誇るというのではないが、驚きをもってもう一どふりかえったのだった。連綿という言葉はよく天皇家につかわれるけれど、民間は勿論《もちろん》、ものいわぬ物の世界にも確固とした連綿の力は生きていた。

染織品についていえばこれほど多種多様、精巧を極め、各々の時代を汲み上げて洗練された染織品ののこる国は世界にないだろうと思われた。小さな紬の世界にも謎はあった。正倉院の染織研究者である松本包夫氏から、ある時、「紬はいつ頃はじまったのですか」という質問をうけた。それはこちらから伺いたいことで私は全く知らなかった。せいぜい江戸か明治のはじめ頃、真綿から糸を紡いで農家の主婦が織っていたものぐらいしか知識はなかった。ところが正倉院の文献に「錦綾紬羅《きんりようゆうら》」という文字があらわれ、その中《うち》、紬だけは何を意味しているのかよくわからないという。錦、羅(うすもの)、綾、は私でもわかるし、いろいろの裂をみている。ところが紬が、正倉院の時代から他の三点と共に最も高度な織物の中に入っているとは。紬というと庶民のもの、高貴の方々の間にゆらめくような織物では決してない、という観念ははなれない。内匠寮《たくみ》には錦綾羅の織工がいたとは書いてあるが紬の織工の文字はない。とするとやはり真綿から紡いだ太い糸を地方で織らせていたのであろうか。それにしても千余年も前から紬という織物の領域はちゃんと定められていたことになる。このように日本の古代染織の流れは確実に今日につながっていたのである。

私にしても我しらず紬の領域をひろげてしまったのかも知れないが、高貴とか庶民とかに関係なく自由な自己表現としての染織は、ごく最近になって、紬にかぎらず様々の染織分野でこころみられるようになった。冒頭に書いたように一つの仕事をずっとやり続けていると、別の分野のことまで見えてきて、気がつくと自分の領域が少しだけ広くなったり、深まったりしているものだということを、私は紬を織りつづけてようやく考えるようになった。

文化とか伝統が、今に息づき、天皇家という一つの備ったものを中心として正倉院が守られ、島国という特殊な条件によって世界にも稀有な伝統が一筋の強靭な糸として繫《つなが》っていたのである。しかし一番厄介なものはその伝統というもので、例えば、アメリカなどの染織をみると実に自由で闊達で創意に充《み》ちている。伝統より先に人間がいる。まず日本は伝統の中に人間がいる。重い楔《くさび》、はねかえすことのできない絶対的な説得力、そこに従う方がまちがいない。しかし何とか蹴っとばしてでも新しいものを創りたい。それが若者の願いだろう。実は若者でない老齢の私でさえそう思う。とくに近年、思いがけず中近東イラン、トルコを度々旅して、伝統が息づいていればこそ前衛が生れるであろうことを実感した。受け継ぐべき土地に新しい種子をまく、その新しい種子とは、伝統を核とし、周辺に流動する自由な通路をもつことではあるまいか。

前述したように、小さな節穴のような自分の仕事の窓口からでも世界は見えている。どこへでも旅し、世界中の本を読み学ぶこともできる。情報ではなく、自分のしっかりした核に結びつくことのできる学問の道を見出すことができるはずである。とはいえ、自分の仕事、生活に追いまくられてとてもそんな余裕はない。私もそうだ。しかし、その中で一滴一滴、一頁一頁、心にとどめることは必ずあったはずだ。先達の言葉を胸にきざみ、植物に水をやるように育ててきた。その中で今も私の中であたためているのは、「織の仕事はいやでも毎日する、何かほかのことをやりなさい、私は数学と建築の勉強だった。あなたは何か？」と富本憲吉先生にいわれた言葉である。その時私は、「本を読むことです」と答えた。「よし、きまった。それが栄養源だし、潤滑油なんだ」と先生はいわれた。

岩波文庫一冊をもって旅にでる。休日に一冊よむ。

忘れもしない、インドに旅した時、グレアム・グリーンの小説を持っていった。早朝の小鳥が間近に来る鬱蒼たる荘園でその小説をよんだ時、主人公と自分とが渾然と風景に溶けこむのを感じた。トルコやイランに行く時はドストイエフスキイだった。前々年、サンクト・ペテルブルグに行き、ドストイエフスキイの館の前を通ってから、若い時読んだ全集をもう一度読みたいと思って、小さな文庫本をそろえ、どこにでも持ち歩いた。その土地の人々、風土となぜか一体になるのだった。

ドストイエフスキイの小説の中の人物はどこにでもいて、街角やレストランの片隅に、はっと胸をつかれる人がいる。言葉が通じないのも忘れて語りかけたくなる。それほどドストイエフスキイの人物描写は卓抜で、その細部の、例えば首すじの皺まで読者にきっちりと刻印する。それが単なる描写ではなく、にじみ出る愛情なので、こちらは会わない先からもうその人物に親愛をおぼえて、見知らぬ人にその面影をかさねてなつかしくなるのである。だからインドのような国で時間待ちも平気だった。本さえ持っていれば、どこの国にいるのかさえ忘れる。この年になってそれは少々危険だ、と家人に忠告されているが、何を忘れても本だけは旅に欠かせないと思っている。

（二〇〇〇年十一月）

色彩という通路をとおって

『色彩の本質』（ルドルフ・シュタイナー　イザラ書房　一九八六年）のまえがきに次のような言葉がのっている。

「一九〇三年夏、シュタイナーは私のために何時間もかけて色彩論の話をしてくれたことがあります。ローソクの火と、白い大きな紙を手にして、光と闇の中から黄と青が現れる様を示してくれました。その時の彼の目ざしはまるで彼の語る色彩の本質と一体化しているように、浄福な輝きをみせていました。そして彼は次のように語りました。――『もし私が今、一万マルク持っていたら、それで必要な道具を手に入れることができたらゲーテの色彩論の真実を世間に証明してみせることができるのに』と」

マリー・シュタイナー（シュタイナー夫人）はこう語っている。そして、いまだ世にむかえられることのなかったゲーテの色彩論、自然観を彼がみずからの霊的世界観の基礎づけを行う際の出発点としたいと強く願っていたとも語っている。にもかかわらず彼の叫びは充分に注目されることがなく、彼の弟子達の中に受け継がれ、やがて芸術家の精神の中に、その仕事の上に証明される日が来るだろうと語っている。今から十数年前この文章を読んだ時、つよい印象をうけた。

「緑は生命の死せる像である」

この言葉は何か矛盾にみち、難解である。しかし私がずっと謎のようにつぶやいていた次の言葉と、どこか符合するような気がしてならない。

「緑は生と死のあわいに明滅する色である」。当時私がこんなことをつぶやいても誰も耳をかしてくれなかった。目前にあらわれる緑が現世の空気に触れた瞬間に消えてゆくのを証明する手だてをもたなかった。「目の錯覚」「単なる酸化現象」に過ぎないといわれた。

春先に野に萌えいづる蓬《よもぎ》のみずみずしい緑の葉汁を布や糸に染めても、数分で消えてゆく。藍甕の中に入れた糸をひき上げた瞬間の、目もさめる緑《エメラルドグリーン》は空気に触れた瞬間に消えてゆく。緑はどこへゆく、この地上に溢れる植物の緑とは何？　なぜ緑は染まらないの。

私の胸は疑問にふくれ上った。黄色の染料と藍をかけ合せれば緑は染まるよ、と人は言う。しかしその事自体の物理的な問題ではなくて、そのことの本質が知りたかった。

その小さな糸ぐちからゲーテの『色彩論』と出会い、シュタイナーの『色彩の本質』とめぐり会った。思いもかけぬ壮大な宇宙論が展開され、緑という糸ぐちから紬《つむ》ぎ出された測り知れない色彩の世界が全く新しい生命のように浮び上ってきた。目にみえない世界との確実な連繋が、色彩というメッセージによって私の謎を一挙に解いてくれたのである。私は色彩という通路をとおってシュタイナーの『宇宙進化論』『神秘学概論』『神智学』等々の書物に出会い、没頭した。もとよりその何十分の一も理解することはできない。併《しか》し七十代を半ばすぎて、今日に至ってもシュタイナーの書物にむかう時はいつも女学生のようにいそいそと、悦びにみちて学ぶのである。それはシュタイナーという偉大な導師がすぐ傍にあって、頑迷な私をあらんかぎりの誠意と熱意をもって導いてくれるからである。繰り返し繰り返し同じ頁を読む、そして玩味する。するとほんの少し霊界の扉があいて今ここに、この現実界こそ不可視の世界であることをおしえてくれる。シュタイナーは、信じなくてよい知ってほしい、と言っている。どんな人にも備っている宇宙の叡智を覚醒させるために、命を削るようにして語りきかせてくれる。

かつて「ゲーテの色彩論の真実を世の中に証明してみせたい」といったシュタイナーの念願が、常に胸の裡《うち》にある。植物から抽出される色彩の一端からそれが見えてこないかと。闇にもっとも近い青と、光にもっとも近い黄色の、ゲーテの発見した際《きわ》の色から緑が誕生する過程を、目の前に存在する藍甕の中で証明することはできないかと、思うのである。

（二〇〇〇年五月）

文学者と画家の歌

仏文学者で詩人でもある宇佐見英治さんの『海に叫ばむ』(砂子屋書房　一九九九年)という歌集の話をしたいと思う。今は八十歳に近いご高齢の方であるが、お若い時、戦争にゆかれ、スマトラ、マレー、タイと転戦し、ビルマのジャングルや村々を戦場としてかけめぐり、最後は敗走また敗走と食料も乏しく想像を越える苦難の中で詠まれた歌を、戦後五十年を経て一冊の歌集にまとめられたものである。おそらく小さなノートにこまかく書きこまれたものを、転戦のさ中も肌身はなさず持ち歩かれたことであろう。

胸のうちに抑へたまれるこの思ひ血を吐くごとく海に叫ばむ

というような痛切な歌が南国の椰子の葉陰などで歌われていたのだ。その中でとくに読むものの肺腑をえぐるように訴えてくるものは、タイで突然襲われたコレラの闘病中の歌で、人間がまさに一粒のコレラ菌に化し戦場に掃き捨てられる寸前の、極限状態に目をみひらき、その惨《むご》い運命を最後まで見きわめようとするものである。

石灰を播き散らしたるベッドの上死にゆくわれは擔《か》き下《おろ》されぬ
立ち躄《ゐざ》り匍ひつ呪ひつ這ひころびあはれ苦しさ極まりにけり
縋《すが》るものただにあらねばわがうちの己が意力によるほかはなし
身をめぐる菌ことごとく殺さむと全精神《こころすべて》を張りつめ生きぬ
たまきはるいのち絶ゆともわが意識まざまざ見据ゑ見究め死なむ
死にゆかむいのちを耐へてふたたびを光の朝に目覚めけるかも
看護婦にけさはすがしと言ひやりぬいのち耐へこしわがことばかな
青葉若葉窓を漉《す》きくる朝日光《あさひかげ》掌をさしのべてひとりうれしむ

死の苦汁を飲み下したあとにあらわれる清澄な光が、ひとしお身にしむような歌だ。これ等の歌を綴った小さなノートすら、敗戦後祖国へ帰される船の中ですべて焼き捨てねばならなかった宇佐見さんは、六十日に余る船倉の中で一首一首思い出していかれたというのである。そして祖国に着くまでに、四百首ちかい歌がよみがえったのだ。それは人間のぎりぎりの止むに止まれぬ状況の中で、生命のリズムが五七五七七のリズムにのって呼吸や脈拍のように我々の中に息づいているからこそのことだと思う。とくに日本人の骨格にはこの五七五七七の和歌のリズムが刻みつけられているのではないだろうか。

宇佐見さんは文学者であるから、普通ならば詩とか短い文章が浮ぶように思うし、常々歌をよんでいらしたわけではないのに、そういう異常な状況下で和歌ができたことがふしぎな気がするが、何かこれほど痛切に響いてくるのは、情趣とか感慨とかを絞って絞り切って一句一句をうみ出してゆく、万感の思いを、もうこれだけは捨てきれぬ、という思いで詠みこむ、それが『海に叫ばむ』にこめられているからだと思う。

次に紹介したいのは、今から五十数年前に亡くなられた野口謙蔵さんという画家の歌である。和歌という型の中にはめこもうとされるのではなく、たまたま生れ出たものがこういう歌になったという、ご自分では自由律の歌だといわれている。

雪の野道の小鳥の足あと美しいから踏まずにあるこう
ピーヒョロロ私は鳶だ　私は冬空のさみしさに居る
声をあげて泣けばよい　おしよせてくるこの感激に堪えられるものか
誘蛾灯に火をつけている村娘　かんぴょうの花　うっすらと白い
何とひそかな道へ心のむきをきめたことか　遥かな私の道を思う
穂先をはなれた絵の具　ひそひそ紙ににぢんでゆく　その心をいとほしむ
つきつめて　つきつめてやっぱりさみしいから画心にすがる
雪後、月夜、葉かげでしづかに眠るのか手にとつて野鳩を写す

どの歌も好きだが、「冬沼と鯉」というのは一寸《ちょっと》ふしぎな歌で、野口さんが冬沼の鯉になっているのだ。それが私には胸にいたいほどよくわかり、心ひかれるのである。

冬日の影　ひっそり背中に感じ　ぢっと水底にいる

青い夜　急に低下した水温の感じ　やがて氷のはるひそかな気配
氷の上を夜のけものがあるいてゆく不気味な音　ぢっと水底にいる
氷を透かしたあさかげ　虹のように　あかるく　ひらりと位置をかえる
冬の村に　青い沼が目さましている
青い沼に　すっぽり自分をしずめて　心澄んでいる
心せめぬいて　冬沼の青さに自分をおちつける

蒲生野《がもうの》の美しい田園の一角の、白い塀にかこまれた旧家の奥まったアトリエで、ひっそり画《え》をかいていらした野口さんにおめにかかったのはまだ女学生の頃だった。静かで底ふかくあたたかい感じの方であった。恵まれた穏やかな環境で、あふれる才能をもちながら中央の画壇にも出ず、ひたすら近江野を描きつづけていらしたが、人知れず苦しみ、自分を責めぬいていらしたことを歌をとおしてはじめて知ったのである。冬沼の鯉になり、水底に身をひそめて頭上に氷が張り、その上をけものがとおり、あさかげをうけてひらりと身を変える、などという寂寞《じゃくまく》とした孤独な魂を亡くなられてはじめて歌によって知った。

（二〇〇〇年四月）

嵯峨だより——宇佐見英治さんへの手紙——

1

一九八八年一月一日

あけまして、おめでとうございます。暮には『マチュ・ピチュの高み』（パブロ・ネルーダ著　矢内原伊作訳　竹久野生《のぶ》画　みすず書房　一九八七年）の詩画集お送り下さいまして、ありがとうございました。暮は画集をひらく余裕もなくめまぐるしくすぎ、今日元日、誰もいない、訪れるひともないのを幸、待ちかねたように詩画集を開きました。まず竹久野生さんの絵にひきつけられました。いいようもなく、身近かな、親しいものを感じました。矢内原さんが織り物のように奏でられたというような表現をしていらっしゃるのがわかりました。テープを、ネルーダさんのをまずきき、そして矢内原さんのをききました。言葉の全くわからないネルーダさんの詩の朗読に、何かはげしくゆすぶられるような魂の高揚が感じられ、言霊とでもいうべきものが伝りました。以前「同時代」に発表された矢内原さんの訳詩を思い出し、このような経緯のもとにようやくお二人の熱意のかたまりが生まれたのだということがよくわかりました。

謎につつまれたインカの遺跡、城塞《じょうさい》が、このように今を生きる詩人によってうたわれ、そこから立ちのぼりひき上げられ再び生を受ける詩人の魂の高み。それこそ詩の本領をなすもの、みえないもの、ふれることのないものきこえないものに、かほどのはげしい力をあたえ、私共の魂のうちによみがえらせる、素晴らしい力だと思います。矢内原さんのあとがきをよみ、矢内原さんのお人柄がよくわかりました。竹久野生さんというお方の熱意、まっすぐな心情が伝わり、仕事をするものの相通ずるよろこびと共に今年はじめのこの機会をあたえられ、二重に感謝しております。私も昨年に洗い流されたことどもが、この年に小さな萌芽をもたらし、養いつつ、仕事をすすめてゆきたいと思っております。上甲さんより二月の終り頃、ペンション・モーツァルトにおさそいいただきましたが、もしご都合よろしければ宇佐見さんもおさそいしてとのこと、是非ご一しょできますよう、たのしみにしております。上甲さんに伺いますと奥様のご様子も安定していらっしゃいますとか、何よりのことと存じます。おさむさの中、くれぐれも御大事になさって下さいますよう祈っております。

あたたかい日射しにつつまれた平安な元日がようやく暮れようとしております。

一月一日

2

一九八八年三月九日

おたよりを頂戴いたしまして、ありがとうございました。私の方こそ先日の御礼を申し上なくてはと存じつつ失礼申し上ておりました。雪と霧につつまれた山中湖とペンション・モーツァルトの一夜は忘れがたい印象でした。宿に入る前、ミッシェルでしたか小さな喫茶店にご案内下さって、こ一時間ほどお話ししました時のことが今だによみがえります。目の前の湖は霧にとざされて全くみえないのを、残念がっておいでしたが、私はかえってそれが内なるものと外なるものの接触を感じさせるようにさえ思われました。内容はたしか野見山暁治さんの絵の話などだったと思いますが、私はあのときなぜか芸術が遠い未来を先どりすると同時に、見えない世界への触手をどこまでのばしてゆくのかと、人間という存在そのものに揺らぐような思いをもったのです。現実の世界でこまごました日常の処理をつづけながらも全く違った領域に目をとどかせ、思いもかけない飛翔を行っているのだと思い、そのあとの食後のとき宇佐見さんが、ヘッセの『ガラス玉演戯』でしたか、そのお話しをなさった時も妙に心が揺らぎました。たしかに私共は今ここに現身《うつしみ》として在りながら、何か未来の国に生きているというか、現実をとおくに置き去って旅しているようなところがあり、たまたま家を出て、湖や音楽や親しい友人にかこまれて一夜をおくると魂はよろこび、少し地上をはなれるのかも知れません。帰ってから野見山さんのデッサン※をみたりして、具象とも抽象ともいいがたいあの世界は一体何なのだろうと考えました。絵画的な要素をとり去ってあとにのこったもの、とあの時おっしゃったように思いますが、形、純粋な感覚のとらえた形、或《あるい》は純粋な内容だけを線と色であらわしたもの、一人の人間の中で直感と記憶のイメージが一体になったもの、とでもいったらいいのか、私はとても知りたく思っています。なぜああいう芸術が生れてくるのか、それは今の、この生きている一瞬一瞬と深く結びついているように思われるからです。全く関係のないと思われるほどの私の仕事ともふかく結びついているからです。私の場合はまず形式、制約の世界の中の仕事ですが、もし野見山さんのように考えることがほんの少しでもできたら世界が開かれるように思うのです。染織的要素をとり去ってあとにのこったものをあくまで染織によって表現できたらと思うのです。出来るだけこだわらずに、織ということさえ忘れて仕事をしたいと思うのです。物とのかかわりを積んで積んで、その果てに無意識に近い状態になれたらと思います。

ヘッセが『ガラス玉演戯』の中で、二十五世紀の人間が二十三世紀の人間を批判して、天才よりも名人の方がとうとばれるというようなことを言っていると話して下さったと思うのですが、たしかにもう私達は中世にもどることはできませんし、天才がそういう形であらわれることはなく、名人の中にこなごなになって入ってしまうような印象をあのときうけたのですが、ヘッセが未来を、芸術の運命を、啓示しているのだと思います。山中湖で宇佐見さんから伺ったことの余韻が、私には大切なこれからの課題のように思われます。

しかも現実は抗しがたい力をもっていて、帰ってきましたら玄関に大きなダンボールが四ヶ積み重ねてあり、開けてみましたら桜の皮、命のほとばしるような色をして、あらわれました。桜の大樹、老木とのこと、最後の箱をあけると送主の手紙に添えて、紺紙金泥の般若心経が入っていました。為桜老樹供養としるされ、用のすんだ皮と共に焼却供養下さいとありました。そのすさまじいまでの赤茶色の皮に胸をつかれ、体中が熱くなる思いでした。突如、素材が降って湧いたという感じでした。

やはり桜には何か宿っていると思わずにはいられませんでした。きっと送り主の方もこの大樹を伐るときの思いを写経されたのだと思います。その桜の灰を送っていただくことをお願いし、本性に還ることを願って染めようと思います。

ペンション・モーツァルトという森の中の黒い鳥籠の中で、音楽という天の鳥たちにかこまれてすごすことができ、本当にありがとうございました。満開の梅に雪がつもって、季節は逆もどりしたようですが、畑にでてみますとさんしゅゆがはじけるような黄の花をみせていました。

くれぐれも御大切になさって下さいませ。

三月九日

追伸　ヘッセの『ガラス玉演戯』をよみたいと思い、本やにたのみましたが、ヘッセ全集の中のその本はもう出版元にもないといわれました。もしどこかでお見かけになったらお願いしたいのですがよろしくお願いいたします。

※『野見山暁治素描集』（用美社　一九八六年）

3

一九八八年四月二十九日

おたより頂戴いたしまして、ありがとうございました。竹島さんが調理して下さるものと安心してお送りいたしましたが、宇佐見さんご自身で筍ごはんをお炊きになりました由、そのお味やさぞかしと存じます。

季節がめまぐるしすぎて午前中の雨があがりましたらさあーっと黄塵が洗い流され、まぎれもなく小倉山の新緑が浮び上りました。

朝日新聞「余白を語る」欄に書かれた「苦しみこそわが宝、妻の微笑に光みる」（一九八八年三月一八日）、しみわたる思いで一気によませていただきました。ほほえみが健康な人とちがって別の世界からさしてくる光のようというあたりから最後まで迫ってくるもの、哀しみの穂先に光が宿り、露になって消えてゆくような思いでよませていただきました。ふしぎに今、私もそんな思いの中に朝夕をすごしております。先便で「他者は私だ」とかいて下さいましたが、実感として感じられるものですからよくこの記事をよませていただいたと思っています。

ここ十日ほど前から母の容態がわるく、食欲なく床ずれひどく一進一退の状態をつづけております。魂はすでに体をはなれているのではないかと思われるほど空虚なまなざしのときもあり、今日など見舞にきた方が「いかがです」といえば、「こうです、こうです」とかすかながらしっかり答えます。「このとおりです。この私をみて下さい」と。みとっている私に「これが私の、そしてお前の姿なのだ」といわれているように思いました。ほとんど母の口から洩れたとは思えないたしかさで。

衰微、凋落、死滅の相をみとどけること。他者ではなく自分の上に。死によって光がたかまってゆく。なぜ喜びより悲しみにより光は強まるのかとおかきになっていらしたこと、今はそのことをしっかりと握っていたい気がします。生命の誕生、生長、繁栄とめまぐるしい春の瞬発力のただ中にあって、そのことの深い底が突き抜けるようにして、透き通った悲光につながっています。あと、何日、そんな母と床をならべ、夜中にじっとみつめ合います。この命のきわをみとどけること、霊的なものへとつながるその境界まで、私は母に手をとられて行くのです。しっかりと見とどけるために。死は誕生につながるものではないかと。生と死が、光と闇が全く逆転するのではないかと。幽明界は光にみち、目もあけられないほどその故にくらくさえ感じられるところへつながるのではないかと――。六月にもし京都にお立より下さいましたら、そのつづきのおはなしできましたらなど考えております。

ご清安を御祈り申し上ます。

四月二十九日

4

一九八八年六月一日

『手紙の話』(宇佐見英治著 私家版 一九八八年四月)お送り下さいまして、ありがとうございました。私家版（非売）ということで、ご自身の意向が充分に生かされていると思われる節々を感じました。

上品《じょうぼん》とでもいいたい全体の調子の高さ――特に装丁の色の和、やわらかい白茶色の表紙、カバーの色は、日本風にいえば瓦ケ茶《かわらけ》か、丁字かと思い、たまたま手もとにあった色名大鑑を繰ってみますと、一ばんこの色に近いのは赤白橡《あかしろつるばみ》、一寸《ちよつと》思いがけない気がしたのですが、解説をよみますと、

「赤白橡、延喜式に現れる色名の一つ、黄櫨《はぜ》による黄褐色に茜の赤を加え、その色をやや灰色にして淡い感じを出したもの」

と書いてあります。淡くて深みのある色を出すのに単一の色をうすめても得られないことはよく承知していますが、黄櫨に茜、更に灰色を加えるというような微妙な染法が古代にあったとは一寸思いがけないことでした。偶然とはいえ、この本の本体は灰色ですし、見返しは赤味の葡萄色。カバーの上下からすこし灰色がのぞいているのは、襲色目《かさねのいろめ》の趣です。背の「手紙の話」とお名前の間にポッと小さな赤い丸が入っていますね、まさにこの色の組合わせは赤白橡ではないかと、ひとり微笑してしまいました。

さて、十二ヶ月にわたる手紙の話、「仮そめの手紙の文、なほ千載の後にも残りぬべきものをなほざりごとに墨ぬりをくべきかは」という樋口一葉の書簡文範、「留守中に来たりし人のもとに」「雪の日人のもとに」など、さすがに小説と紛うばかり、一句たりともおろそかにせず、心をこめて文する一葉のけなげさ、心ばえの見事さを伝えてしみじみ胸にのこります。この文をのこして一葉は半年後に二十五歳で他界したとか——七月の「紋黄の家」の蝶は、軽やかな旋律にのって草の上を舞う郵便配達なのですね。「苦しみの貝を拾い、波頭歓喜の花咲きぬ乞御高評」とある大葉子《オオバコ》宗匠にあてた手紙や、タカツナギ山フモト学者ムラに住むノアザミさんにあてた手紙を、私はオグラ山スソからルーペでよんでみたくなります。羊歯《しだ》やギボシの茂る草原にアラビヤ文字を描く雌雄の蝶は、ガレの素描からぬけ出したのではありませんか。

「一人の内なる万人に」という表題でかかれているゴッホの弟にあてた手紙の中に、「ぼくの体はだめになりつつあっても、ぼくの指は自由自在になりつつあるのだ。……何といわれようとぼくが絵具を塗った画布は真白な画布よりは値打ちがあるのだ——信じてほしい、何もぼくは偉そうなつよがりをいっているわけじゃない——しかしそれこそぼくが絵を描く権利、絵を描く理由だ」とありますが、この書中の圧巻です。生前一点しか絵が売れなかったという悲惨と幻滅の中で、仕事にかける捨身の行、生涯負担をかけた弟への呵責、百年を経た今も、この数行に胸をかきむしられる思いがします。文をかくとは一人の内なる万人に向かって己れを開示することだといわれることがつよく伝わります。

ここ数ヶ月タゴールの詩や散文をよみつづけていらしたとかかれていますが、そういえば折々拝見する文章の中にタゴールの詩が引用されておりますね。先日私も偶々《たまたま》上京の折、タゴール展にめぐり会うことができ、近来にない悦びでした。暗い会場にタゴールの深い射るような眼光のおごそかな肖像がかかげられ、その前の大きな銅の水盤に紫や紅の睡蓮が浮かんでいました。壁面の詩の奥からタゴール自身の高揚した朗唱が響き、私は突然インドという測り知れない神秘国に投げこまれたような衝撃をうけました。

タゴールの絵は今まで見てきた絵とは全く違っていました。絵というより、彼方から来る慈悲と痛哭《つうこく》の線で描かれた原像、思念の領域がそのまま形となり、色となって、その間に介在するものを突き抜けて私共の魂に達します。タゴールは或時詩をかいていて行間から自然発生的に線が生れ、形となって、動き出した、自分が描いたのではない、描かせられたのだと言っていますが、そういうものを我らは原型として——生れ来《きた》り、還って往《ゆ》くところとして——心の奥処にもっているように思われました。


「半夏粧」の中でふれていらっしゃる短行詩「迷える小羊」の中で、

「果物の役目はとうとく、花の役目はあまやかであるが、私自身はそのかげにいてつつましやかに献身する木の葉のそれでありますように」

とタゴールはうたっていますが、それを読んだ時、はっと胸をつかれたのです。宇佐見さんにはすでに何どか緑について聞いていただいていますが、最近私も緑という色をこの世にあって唯一つ、献身する色だと思っていたからです。かつて、藍甕からひき上げた瞬間に消えてゆく緑を生命の尖端といい、生と死の境界線に明滅する淵の色と思っていました。植物から直接緑色をとり出すことができないのは、花の色がすでに彼方の色をうつしているように、緑は此方《こちら》側にあって何かに変容しているのではないかと思われるのです。植物の葉は自然界の生命を守り、己を献げています。それが変容であり、緑の秘儀ではないかと。それ故タゴールが詩にうたったように、彼は無数の葉となり、光となって、宇佐見さんの文章をおかりすれば、「インドの民衆に生死を越える愛と、苦しみを宝とする自由と歓喜を燃え上らせ、彼の詩は、宇宙の生命に対する畏敬と梵我一如の献身を香り高く奏でている」のだと思います。タゴールが「宇宙は私を得た」という時、その「私」とは献身する木の葉であり、「あなた」と呼びかける生命神はタゴールみずからの中に「私の中にあなたを得た」という言葉によってあらわされています。

「あなたは、あなた自身をあなたの栄光の中におかくしですね。一粒の砂、一滴の露もあなたその人よりも誇らかに顕れています。世界はあなたのものであるすべてを羞かしげもなくわがものと呼んでいます。だからといって辱められもしないで。あなたはわれらに場所をあたえるために無言で身をお退きになるのですか。ですから愛は、あなたをたずねておのれのランプを点し、もとめられもしない礼拝をあなたにささげにゆくのです」

(『新編タゴール詩集』山室静訳　世界の詩39　弥生書房　一九六六年)

宇宙の昏《くら》い森の中を一ツのランプがすすんでゆき、闇の中でかがやくサリーのように、タゴールの詩と音楽が、しとやかにそのあとに従ってゆくように思われます。

六月一日　(一九八八年)

Ⅲ

もえぎ色の海

先頃、京都近代美術館で開かれている、「小野竹喬展」を観た。久しぶりに竹喬先生の画業の全貌にふれた。折にふれ、今までにも竹喬先生の絵に接する機会はのがさず、最も敬慕する大きな、そして身近な画家として私の中に存在していたのだが、にもかかわらず、自身の年齢のせいもあってか、今回は何か違っていた。

一つの仕事を何十年し続けてきた方の、七十代は七十代の、八十代は八十代の、ある幕内の秘密のようなものがあって、何かその幕の中へ今回はぐっと引きこまれて、これは風景ではない、一つの世界だと、宇宙の巣、あるいは壺、そこに流れる気韻、溢れる恩寵《おんちょう》のようなものさえ感じるのだった。

初期の作品から一つ一つ観てゆく中《うち》、あれは「冬日帖」あたりからか、その思いが次第に募ってきて、「残照」「宿雪」の前に立つと思わず、言葉にならない音声が奥の方から湧いてきた。ある画家が竹喬先生に絵をみていただいての帰り、私に語ってくれたことがある。

「自分の描こうとするものの中には必ず自分だけがみた自然の一点がある。最初のインスピレーションといってもよい。それを最後までのがさず描くことだ」と。「奥の細道句抄絵」は永い修練のすえ、竹喬先生に自然があたえてくれた恩寵のような気がする。八十五歳をすぎて病を得た体で取材旅行にむかわれたのである。

「はじめ太陽は、黒っぽい色をした日本海に、まっ赤な夕陽が落ちてゆくイメージを持ったのです。太陽が赤くなる前に、あんなに美しい色彩を放つとは想像しませんでした。海がもえぎ色に染まったのをみて、芭蕉の心を溶かすのはこの色でなければという実感がありました。あの海の色は銀の下地に金と緑と……」「よかった、来てよかった」と興奮に頬を紅潮させた先生はうめくようにつぶやかれたという。思うに、太陽はその日も黒っぽい日本海に落ちてゆくところだったかもしれない。

「暑き日を海に入れたり最上川」のあの色彩は、決して我々の目には映じることのない、先生がそこまで身心を運ばれた時、一瞬自然が眼をあげて、くりひろげてくれた鑽仰《さんぎょう》の世界ではあるまいか。海がもえぎに染まるなんて……自然は卓抜した色彩力を先生にのみ見せてくれたのではないだろうか。

（一九九九年七月）

「葬」「月」「鋸」

香月泰男さんのことを書きたいと思うのだが、あまりに暗く重いものが胸にはりついてしまってなかなか書けず、とうとう山口県三隅の香月美術館へ行った。雨がはげしく降ったり止《や》んだりする中を美術館に着いた時は、雲間から小さい青空がのぞいて、稲田の上を初秋を告げる蜻蛉《とんぼ》がとび交っていた。私の思いつめていたシベリヤ・シリーズはここにはなく、その代わり香月さんの「私の地球」があった。そこにもここにも香月さんの息づかいがあふれ、こぼれていて、三隅の山野草花、ブリキの人形や動物たちは私をたちまちこの世界のとりこにさせ、これが見たかったのだ、香月さんの生きて描いたところへ来たかったのだ、と思ったら、一気にシベリヤの暗い暗い闇の中に光が射し透ったようで、極《はし》から極まで香月さんの生き、愛した世界が浮かび上がった。

四十年近く昔から香月さんのことはいつも胸の一隅にあって、つい先日テレビの「日曜美術館」でみて、再び火がついたのか、その夜、暁方《あけがた》まで、骨の髄まで貫いている哀しみの顔、どこへともなく運ばれる列車の鉄格子の奥の、絶望と恐怖に凝結したうつろな顔、黒い河に無数に浮かぶ帰国を目前にして果たせなかった無念の顔、まっ赤な不気味な太陽、さらに不気味な黒い紙のような太陽、それらが次々とあらわれては消えた。帰還後、シベリヤのことを、これが最後だと思って描いているのに次々に主題が浮かび、かつての出来事をかりて、今の私を描いているのかもしれないと思い、この仕事で自分の後半生がおしつぶされてしまうのではないかと淋しくも怖《おそ》ろしくも思う香月さんであったが、最後までシベリヤから解放されることがなく、生と仕事とはひとかたまりになって、描くことによって昇華されてゆくものと、次第に生を消耗してゆくこととは一つだった。火を吐く思いで故国への帰還を願い、ようやくかえりついた三隅の山野、流れる川、愛する妻子、野の花々がどんなにやさしく香月さんを包んだことだろう。平穏な日常と高まる仕事への思いを掌中にしながら、苛酷にもシベリヤは香月さんを追いかけ、描こうとすればそこはシベリヤだった。極限状態にあった時自分の命を支えているのは絵を描くことだった、と思いしらされたという。今故国に帰り、シベリヤが再び自分に襲いかかり、呑みこみ、押し流そうとする、そのシベリヤを画布の中にとりこみ、ねじ伏せようと描いている。肉体がシベリヤを体験している時、精神はその意味を把握するには、あまりに苛酷だった。

その四年半の体験を、その四倍も生きてまだ表現できずにいる、肉体と記憶に刻みつけられた傷跡を手がかりに出来るかぎり忠実に描くしかない、とそういう香月さんという人は、絵の具も、筆も、画布さえなくても、人の見捨てた折れ釘や木片、ブリキのきれっぱしで、いとしい人形や小動物、虫や魚、キリストまで創ってしまう人だった。戦地を持ち歩いた絵の具箱の裏に「葬」「月」「鋸」ほか十二文字を刻み、必ず生きて帰ったら絵にしようと心に決めていたという。

（一九九九年八月）

衣鉢ということ

一つの時代が終わり、幕のむこうに消えてゆくのを惜しむように白洲正子さんのことをくりかえし、くりかえし誌上にみる。私もまたそれらの記事を飽くことなく読み、いつしか一つのことを刻印するようになった。

古めかしく、おかしいかもしれないが「衣鉢」ということを思うのだ。白洲さんが私たちに遺《のこ》して下さったもの、それは痛いほど厳しいものだった。「最後まで、こわい方でした」と言われた方があるように、私にとっても背筋に冷たいものが走るような一矢をむけられることが度々あった。それはまさに的を射ていて狂いがなかったから、私は白洲さんの眼《め》の射程を意識せずになかなか仕事ができなかった。それはどこにもたよらず、自分自身を砥石《といし》として研磨された白洲さんの生き方が、いつしか我々仕事をするものの砥石になっていたといってもいいかも知れない。

三十代のはじめから、古澤万千子さんと私を度々《たびたび》呼び出し、奈良の浄瑠璃寺や古美術商の柳さん、小袖のコレクションの田畑家、ご友人の星野武雄さんの家などへ連れていって下さった。まだ西も東もわからない未知の世界のことだったから、それらの美しいものへの開眼が、後の仕事にどんなに力となったことだろう。「あなたの糸はまだまだ」と、わざわざ埼玉の行田まで、田島隆夫さんの仕事をみに連れていって下さったこともあった。「糸が基本、田島さんは練糸機をもっていて、糸造りからなさるの、そこまではいかないまでもよく見ておくこと」いくら色がよくても、素材《いと》が生きてなければすべて駄目、ということだ。

その後少しずつ文章を書くようになってから、電話で一言、「文章はね、伝えたいことだけを書けばいいの、装飾はいらない」と。私の文章にへばりついていた装飾をいきなりはがされる力があった。美しいとか、哀《かな》しいとか言ってはならない。読む方にそれを感じさせるのが文章の力だと。白洲さんは、「ジィちゃん（青山二郎）の説では自分のいいたいことを我慢すれば、読者が我慢した分だけわかってくれる。自分自身で考えたように思うから、読者にとってこれ以上のたのしみはないではないか」

といわれ、さらに青山二郎にこんな説明は不必要、形容詞が多すぎる、といって削られ、果ては「これがあんたの一番いいたいことだろう」と言って、わざわざそこを消された、という。白洲さんはぶたれる方がましだと思い、未熟なりに心血をそそいだ文章がずたずたになるのをみてへどを吐いた、という。容赦のないすさまじい教師だ。この砥石からはまさに血が噴き出たにちがいない。しかし晩年の白洲さんをみればわかる、見事に研ぎ出され、何でもこい、どこをたたいても素晴らしい音がかえってくる大太鼓のようだ。人は持ち物が重く、多いほど捨てねばならない。白洲さんはそれらをすべて恐ろしい教師たちにかこまれて捨てさされ、みずから捨てた。それほど捨てるものもない自分ですら老年に入って捨てることのむつかしさ、無意識を思う。白洲さんが、仕事をする若いものに遺して下さった衣鉢は、生易しいものではなかった。

（二〇〇〇年一月）

難波田龍起さんのこと

難波田さんは昔から好きな画家だったが、本物を見たことがなく、今回その全容に触れることができて至福の時をすごした。

一人の作家の画業を心こめてみる、それが私に力をあたえ、どこかで細胞がよみがえるようだ。難波田さんの画《え》は決して威丈高《いたけだか》でなく、静かな姿で私を迎え入れてくれた。

古代ギリシャの影響をうけた初期の作品から次第に抽象へ移りすすむ過程がとくに私をひきつけた。現代の画家が担っている意識の変革と、必然が切実に感じられ、それらの切り口が新鮮で芳香が立つようなのである。瞬時に伝わってくる。むつかしい抽象芸術に対する論評などが吹っ飛んで、ああ好きだ、と思ってしまう。むこうからやってくるのか、こちらからかけよるのか、画と自分の距離がグンと近くなる。難波田さんの抽象は街や工場、森や郊外などごく身近なものからはじまり、次第に作家の内面へとむかう。色や形も他からの接触は感じられず、難波田さんというひとりの人間が、じっと目を開いて奥の方をみつめている。「昇天する詩魂」「軌跡」「宇宙塵」それらの作品に導かれて非日常の、誰からも侵されない内部空間に入ってゆく。作家の真剣な作業が我々ひとりひとりの内部へ通じる扉の鍵を開けてくれる。人の画業ではなく、いつしか自分の仕事の内部に入りこんだようだ。怖《おそ》ろしい気がするがもうちょっと奥へ行ってみたい。「追想」「幻想」「瞑想」と続く。私はいつかみた夢とそっくりの形態をそこにみて衝撃をうける。人影、舟、聖堂……夢と覚醒のあわいに浮かび上がったものにちがいない。

画家がその道程でさまざまの屈折、生死の悲哀を体験し、多くの刺激、影響をうけ、ある時は文学的に、ある時は宗教的に、神秘的に画が刻々に変化してゆくのが難波田さんの画をみてよく分かる。若い時にそれほど思わなかったのに今度、画をみると若い時に見逃していたものがよくみえるような気がする。

一歩一歩深い呼吸をしながら高齢の坂道をのぼってゆかれるうちに、一つ一つ何かが削《そ》がれていって、それが内面の豊潤さとなって今まで見たこともない魂の世界があらわれはじめる。色彩は黄茶、藍、赤茶、とそれぞれの画面に一筆一筆ぬりこめられ、それが立ち昇るように虚空をおおうのである。宗教とか神秘とかさえ感じさせない「生の記録」。

深々とした色彩の層の中に足をふみ入れると、どこまでも入ってゆけそうな気がする。宇宙の底というより、あたたかい生命の内ふところへ誰でも迎え入れてくれる気がする。九十歳になってこれらの大画面を描き、さらに最後の段階において、病床日誌に書かれたように「わたしにとってライフワークは生と死である。もう描けないというところまで描くことだと思っている」（一九七七年、詩画集『描けなくなるまで描こう』）という意志を貫き、三十数枚のカラーペンによる画をのこしている。次第にペンの力がうすれてゆき、最後に夫人の顔を描かれたという。（二〇〇〇年三月）

花の民

夕刻、トルバ湾の小さなホテルに着いた。エーゲ海と地中海の接点にある美しい入江だ。夕暮れの青い水辺を老人と放った犬がゆく。翌朝、車で二時間余、オリーブの森や、羊の放牧された草原、赤い雛罌粟《ひなげし》や黄や紫の花の群落をながめながら、ようやく岩山の頂にある村に着いた。かつて遊牧民であった人々が、いつの頃からか住みついたという。

石を積み上げた家々は、窓や扉に青、緑、黄、赤の装飾がほどこされ、さながらお伽話《とぎばなし》の世界である。車が着くとわっと子供が集まってきた。どの家の窓からも顔がのぞく。

やがて女の人が三々五々あらわれ、はにかんだようにほほえみかける。色とりどりのターバンをまき、バラや藤、カーネーションを頭にさしている。花柄のブラウス、スカートのようにふくらんだズボン、お祭りでもあるかのように華やかだ。「花は毎日つけるの」「ええ、毎日新しいのを摘んで頭にさすの」「私たち花が好きだから、母さんもお祖母《ばあ》さんもみんな花が好きだからそうしてきたの」という。

近々結婚するという十九歳の娘の家にゆく。娘は花をつけていない。「なぜ花をつけないの」「娘は花だから」と母親がいう。嫁入り道具の中から枕カバー、窓飾り、ナフキンなど花々を刺繡した布をみせてくれる。「十歳の頃からずっと刺繡をしてきたの。この村の子はみな、母さんにならって学校から帰ったらすぐ刺繡してきたの。お嫁入りのために」と娘は頰をまっ赤に染めて語る。

この村のどの家にも大きな桑の樹がある。かつて蚕を飼っていたにちがいない。果たして蚕を飼い、糸をとっている家があった。「ターバンやスカーフをこの糸で隣村の人に織ってもらうの」という。窓辺にいる老女に、「おいくつ」と思わず問いかけた。「年？　どうしてそんなことたずねるの。知らないよ」といわれ、恥じ入った。「そうね。年なんて知らなくていいのね」一日一日何かに追われているような、時間刻みの我々がみじめに思える。年を無用としている暮らし、年なんて忘れた人生、毎朝毎朝新しい花を頭にかざし、別のレールに乗って年なんか私も忘れよう、などとふと思った。

山の方の石段を十五、六の少年が黄色の花束をもって下りてくる。まさかと思ったら、あなたに摘んできた、といって花束を差し出した。

夕暮れ、何十人もの老若が親しげに私の肩を抱き、手を握って別れを惜しんでくれる。車のドアがしまる寸前、車の敷き段に赤いカーネーションの花束をおいた女の子がいた。六つくらいだろうか。「あの子ずっと先生のあと、ついてきたの。いつこの花をわたそうかと思って一生懸命ついてきたのよ」と誰かが言う。おびえたようなかわいい瞳が一瞬焼きついて「ありがとう」と抱きしめたかったが、車は走り出し、樹の陰に赤いスカートがちらっとみえただけで、山の村は霧にかすんでいった。私は胸の中でつぶやいた。

「あなた方は花の民」

（二〇〇〇年七月）

この夏の思い

今年の猛暑は、何か地球のおかれている存在そのものが不安になるほど、単なる暑さとは違っていたように思う。人々は目前の暑さを凌《しの》ぐため、その異変に殊更さわぐでもなく冷房の部屋に入り浸っていた。そういう夏のさ中、もっとも印象深く心に焼きついたのは、五十数年前の神宮球場での学徒出陣壮行会のテレビだった。突如時間が逆転したごとく私は釘付けになった。肉親や友人達があの中にいて、戦場に赴き、散っていったのだ。もし私が男だったら当然あの隊列に加わっていただろう。あの頃、夜昼を問わず私たちはその思いに重く口をふさがれていた。当時十八歳、明るくはじけそうな青春のただ中にいたはずなのに、目の前一メートルといわず、暗黒の扉がたちふさがっていた。彼等はその門をくぐって征《い》ったのだ。その時私が在学していたのは、反戦論をとなえて投獄され、閉校となった西村伊作の文化学院だったから、当然この戦いの不利無謀は知っていた。徴兵拒否の徒も出たくらい身辺は危機をはらみ、生死は身近だった。

にもかかわらず若かったせいか、決して打ちひしがれていたわけではなく、B29が来ない間にあれもこれもしなくてはと大忙しだった。住んでいた神戸元町の家は焼夷《しょうい》弾《だん》が雨あられと降り全焼したが、焼跡で芋づるなど食べながら終戦を迎えた。生きのびることに必死で、いずれ私達も最後は一億玉砕だと思っていたから、半世紀を経て突然、あのぬかるみの中の悲痛な若者の隊列をみた時、はっと時間が逆転したのだ。まるであの群衆の中に自分がいたかのようだった。思えば、日本の学問の中枢の徒が総ざらえで負けるとわかっている前線におくり出される、最後の最後の日本の宝ものをおくり出すあれは巨大な葬送の場ではなかったか。

あの時は決してそんなことは思わなかった。この無惨この上もない状態を誰ひとりとどめることができず、「生等《せいら》、生還を期せず」という学生代表の言葉を粛然とうけとめていたのだ。

その時、学徒を見送った五万人の女子学生の中にいた杉本苑子さんは、一群の女学生がわっと隊列のすぐ近くまでかけよって、雨と涙でくちゃくちゃになりながら、「征っていらっしゃい」を連呼したと語られた。そして、二十数年後、雲一つない晴天のグラウンドで東京オリンピックが開かれ、のびのびと育った青年が日の丸の旗をふって行進した、と。杉本さんはその時記者として参列し、その事実をどう胸に納めてよいのか、歴史小説を書こうと決意されたのはその頃だと語っていられた。

あのどしゃぶりの雨の中を行進した若者達の骨は遠い異国の果てにさらされ、ついに故国へ還《かえ》ることはできなかった。その若者達の無念を、胸をかきしぼる想いで思い起こさずにはいられない。

アメリカと日本は戦争したんやて、どっちが勝ったの、と中学生が会話しているという二十一世紀を迎えようとしている今、思い起こさずにいられないこの夏だった。

（二〇〇〇年九月）

敦煌黄葉

つい先日敦煌《とんこう》から帰ってきた。まだどこかで鳴沙山の砂の鳴く音がきこえてくるようである。莫高窟《ばっこうくつ》に近づくにつれて、砂漠の上に点々と墓標の塔のあるのが目に入る。この莫高窟の受難を身をもって守り、生涯を、あの濃紺の空の星屑《ほしくず》になるまで、砂丘の一粒の砂になるまで捧げ尽くした人々の眠る墓だと聞く。天の底まで澄み切った空が、黄葉したポプラの並木ごしに青い玉となって落ちてくるようだった。案内して下さった李萍《リピン》さんの日本語は物静かで美しい。

「あの飛天をみて下さい。日本では比礼といいますか。その手にもっているのは琵琶のようですね。ひとり、手まねきしてます。あとの飛天がのぼってゆきます。音楽の音《ね》につられて花びらが舞っていますね。いい香、しています」。言葉そのものが詩のようだ。決して流暢《りゅうちょう》ではなく、訥々《とつとつ》としているのがひとつの調べになっている。その時、風が起こり、天は鳴動し、飛天が身をひるがえして雲に乗る。緑、朱、藍の比礼が幡《ばん》のようになびく、なびく。これが千余年前の壁画かと、目を疑わずにはいられない。初唐、晩唐の菩薩たち、あまりにも気高い。供養菩薩、持花菩薩、弾琴菩薩、ひとりひとりの前にたたずむと、体内に射《さ》し通るような優しい光に打たれる。

「この五七窟の菩薩は莫高窟の中で最高の美しい菩薩様です。これ以上美しい姿をみることはありません」と李萍さんのいわれるとおり、言葉には尽くせない。これらの菩薩を描いた仏画工は名もなく貧しく、寒暖のはげしい砂だらけの洞窟の中でやせこけ、目をいためてひたすら描いていたのだろう。あまりに美しい御姿があらわれた時、画工は我を忘れ、恋い慕わずにはいられなかったのではあるまいか。大砂漠にさらされ、砂塵によって埋没したかもしれないこの全長二十キロメートルにわたる莫高窟は、千年の眠りからようやく目覚め、今私たちの前に姿をあらわしている。易々《やすやす》と空を飛んできた我々は何の苦労もなくこれらの御仏を拝してよいものか。うす暗い窟内の天井からすみずみにいたるまで埋め尽くした飛天蓮花藻井《ひてんれんかそうせい》をはじめ、宝雨経、法華経変、福田経変、本生、仏伝故事等々の細密、精緻《せいち》な壁画群は我々をして霊界参入をうながさずにはいられないものであった。

「この窟のどこかに捨身飼虎図《しゃしんしこず》はありますか」。私は遠慮がちに聞いてみた。かねて聖徳太子の「玉虫厨子」に描かれたその画《え》の原画がここにあるときいていた。李萍さんは即座に、「あります。行きましょう」と二五四窟に案内して下さった。やっとめぐり会えた。莫高窟に行くときまってからずっと念願していた。虎にみずからの体を従容としてあたえている薩埵《さった》太子の姿がある。飢えた禽獣に吾身をあたえるという底知れない慈悲、同じ人間のどこからこのような思想、いや悲願が湧いてきたのだろう。現代の我々には想像を絶するものであった。

（二〇〇〇年十一月）

苦海はつづく

暮れから正月にかけて何か書きたいと思うのだが、そのあとから突き上げるように空《むな》しいものが文字を消してゆく。いくら新世紀とはやしたてても世相は暗く重すぎる。仕事のことや旅行記なども何を今更という気がして書けない。

年があらたまって二十一世紀の矢の先に、宇宙とかインターネットとか、きらきら光るものを乗せて突っ走ってゆくのをテレビなどで見ていると、何か矢の一ばん後の方でぼろぼろと落ちかかっているものがいやにほんものに光ってみえ、何だろうとたしかめたい思いになった。たとえ時代にとりのこされようと、何かあのへんにぶらさがっているものに心ひかれると思っていた時、思いがけず石牟礼道子さんの対談集『石牟礼道子対談集　魂の言葉を紡ぐ』（河出書房新社　一九九九年）がおくられてきた。

頁を開くと扉のむこうにもうざんぶ、ざんぶと潮の波立つ音がきこえ、海が文字になっておしよせてきた。

この時代を、天の病むといい、宗教は息絶えたという時代の予告者である石牟礼さんの、おだやかな、やわらかい言葉の陰に骨に響く痛切な現代批判の刃がきらめいていて、私は一気に目覚め、空しさが吹っ飛んだ思いだった。

「患者さんたちが考える自分というのは、近代的な個とか自我よりもっと深いような気がします。学校教育にあまり縁のなかった人達は、理屈じゃなしに自分というものを、ご先祖様が宿っている連続した生命体として感じておられるんですね。連続する生命というのは人間だけじゃなくて、魚もそうだし、草木も土地もそうだし水もそうでしょう。それを魂というふうに表現なさいます。つまり、精霊たちとともに常に神話的な世界にあの人たちはいるんです」

水俣病が近代文明の恩恵の中にある都会人を襲うのではなく、精霊たちと共にあるような人たちを襲ったということに、石牟礼さんは驚くほど深い大きな啓示をあたえている。

不知火海の美しい海に天の魚をいただき、平穏につつましく生きていた漁師の上に突然襲いかかった有機水銀の猛毒は、人間のみならず魚も鳥も犬も猫もすべてを狂わせた。一瞬一刻も体内から離れることのない激痛と共に生きながら、その水俣病を自分の守護神とまで思うに至った患者さんのことを石牟礼さんは、この人類のさしかかったかつてない分岐点に、もしかしたらこの人たちはもともと別の種として最初から出発してきた人々かもしれないという。そういう分岐点に立ちあらわれ、われわれに何を語りのこしてゆかれようとしているのか、その言葉を聞きもらすまいと石牟礼さんは全身全霊を傾けて、じっと心を澄まして語りつづける。かつて天草に住み、水俣に渡ってきた人々、受難という天の雲をひきつれて石牟礼さんもそのひとりとしてその群れに加わったのであろうか。もし石牟礼さんという語り部がいなかったら、あの不知火海という海は苦海のまま終わっただろう。さらに苦海はひろがり、永久に浄土はやってこない。石牟礼さんは水俣はまだまだ終わっていないと言う。

（二〇〇一年一月）

雪の毛越寺

　よりにもよって六十五年ぶりという大雪の日に、奥州平泉の毛越寺延年祭を拝見するため、防寒衣に身を包んで東北に向かった。

　毛越寺の大庭園は白一色、大泉池にも氷がはり、その上を深々と雪がおおっていた。まず池畔に建つ毛越寺遺跡絵図をみて驚嘆した。ここにこれほど気宇壮大な寺院庭園があったとは。大覚寺大沢池の何倍もあろうかと思われる池の中央に道がとおり、真ん中に浮島がある。池のむこうには朱塗りの回廊をめぐらした華麗な神殿、霊廟が立ち並ぶ。なぜ奥州みちのくに突然湧き出たように極楽浄土さながらの仏国土が出現したのか。藤原清衡、基衡、秀衡三代の栄華を極めた文化が幻の如く雪の中に浮かび上がってくるようで、私はしばし池の傍らに立ち尽くした。しかし今は何もない。雪のしんしんと降る中に本堂と常行堂の寂寞《じゃくまく》とした姿があるのみである。今宵《こよい》、一月二十日、その常行堂で延年の祭りが行われるのである。

今では全国でも、この毛越寺ほど古式にのっとった延年祭の行われるところはないといわれている。堂内では秘仏「摩多羅神」を祀《まつ》り、僧侶たちの手によって荘厳《しょうごん》が行われていた。前日から村人を交じえて数々の紙飾り、花造り、花献膳、野菜献膳などが用意されているのを拝見し、私は深く心打たれた。およそ豪華とは無縁の質素な和紙、木の皮、穀物などに彩色し細工し、何と愛らしくこまやかに作りあげられてゆくことだろう。寒々とした寺の一室でそれらが黙々と心をこめられて出来上がってゆくのをみて、これこそが神への捧げもの、人と神とを結ぶ最高の御供物であると感じた。いよいよ祭りの時刻が近づくと、白一色の中に点々と灯籠《とうろう》がともされ、これこそ万灯籠かと思うほどの数しれぬ灯を求めて藤原氏の亡霊がよろこびつつあつまってくるようなふしぎな興奮をおぼえた。零下十度という板間のふきさらしの堂内もさほど寒さを感じない。仏前で雅楽が奏され護摩が焚《た》かれる。一人の僧侶がいきなり私の毛糸の帽子をひったくり燃えさかる火にかざし、穢《けが》れをはらって下さる。私はありがたくて「ああこれで少しはボケにならないですむかしら」と思う。素っ裸の若者が堂内になだれこみ熱気は溢れんばかり、老いも若きも童まで何という輝かしい表情、エネルギーの塊のようである。

百歳の老女の舞、白髪を神前でくしけずり、折れ曲がった体をさらに折り曲げて鈴を振りならしながら舞う。何か鬼気迫るものがある。天狗の鼻のような高い鼻の面をかぶった神官が祝詞《のりと》をよみあげる。しかしその声は聞こえない。「秘めたることとてつゆきこえず」といわれている。かすかに面の中から白い息がもれる。何とも神秘的である。いつの間にか時代をさかのぼって、われわれは古代の神々の前にいるのではないかと思われた。都を遠くはなれたこの平泉の地にこれほどの神事、神と人とを深く結びつける祭りが行われ、今に受け継がれていることが俄《にわか》には信じがたい思いで、深夜におよぶ祭事を見守っていたのである。

（二〇〇一年三月）

たまゆらの道

たまゆらの道

ここ数年、私は鞍馬山や花背峠を越えた山のむこうの小さな山荘で、ひとり新年を迎えることにしている。

雪のしんしんと降りしきる山中ですごす新年は、日頃あわただしく仕事に追われる身にとっては、何ものにもかえがたい安息の日々である。過ぎる三、四年、年甲斐もなく国外や国内を旅した。染織という仕事をとおして日本の文化を見直したいという分不相応な願いをおこし、そのための取材の旅となった。このほどそれが『たまゆらの道』(世界文化社　二〇〇一年)と題して一冊の本に上梓された。

この静かな山荘で来し方をふりかえってみれば、日本という国の独特の、世界にも類をみない文化の摂取《こ》のあり方が浮かび上がってくる。

私が最初に心に深くとめ、この旅の出発点となったのは正倉院であった。千二百年の昔、この国はペルシャ、中国などの外来の文化を独特の吸収力をもって見事に開花させ、それらのものは今日にいたるまで正倉院にのこされている。

それらの工芸品の驚くべき水準の高さは、その時代の聖武天皇、光明皇后をとりまく宮廷文化の豊かさであったろうか。それがそのまま正倉院の校倉《あぜくら》に大切に保存されていたことも信じられない謎である。その源流はペルシャ、唐代の中国である。抑えきれない好奇心のかたまりになって私はイランに飛んだのだった。

たまゆらとは玉と玉が響き合って美しい音色を奏でることだという。イラン、トルコ、韓国、日本の神社仏閣と、私は玉のふれ合うことを求めて旅したのである。

常若の神々

榊《さかき》の緑、御幣《ごへい》の白、五十鈴川の清流、玉砂利と、今年はしきりに伊勢神宮の新年が思われる。というのも昨年、イラン・トルコから帰って、最初に頭に浮かび訪れたいと思ったのは伊勢神宮だった。

「たまゆらの道」の国内での第一歩、それは実に強烈な、新鮮な印象だった。それまでも何度か伊勢神宮には参拝し、日本の神々の在《いま》す神聖な森であることは認識していたが、今回の取材をとおして、二十年に一度の式年遷宮によって、神々の蘇りと、文化の伝承が、千二百年の間絶えることなく伝えられてきたことに想いをあらたにしたのである。

二十年に一度、神殿、橋、鏡、刀剣、御衣をすべて新調する真の意義は何かと問うならば、二十年毎に代々伝えてゆく技術の伝承は勿論《もちろん》であるが、それらを新調することによって、神々を新築の宮居にお移ししよみがえらせるという常若の儀式がとりおこなわれることである。それによって神々は永遠に若く、常によみがえるというのである。

何という壮大な人類の叡智であろう。早晨《そうしん》から深更《しんこう》にいたるまで、年間に千三百回の神儀がおこなわれているのである。そういうことを私達日本人は本当に知っているだろうか。

神々の御衣は年に二回、和妙《にぎたえ》（絹）、荒妙《あらたえ》（麻）を調製し、お下がりの御衣は穢《けが》れをふせぐため、土に埋めるか、燃やしていたそうであるが、明治以後、神宮徴古館《ちょうこかん》に撤下されている。今も徴古館には、千二百年続いたご神宝が新品として飾られているのである。

鐘の音に願いこめ

京の嵯峨野は寺ばかりである。私の家は清涼寺の傍らにあり、すこし歩けば二尊院、常寂光寺、祇王寺、化野《あだしの》念仏寺とつづく。

大晦日の十二時、まず清涼寺の梵鐘《ぼんしょう》が身近にゴーンと響くと、やがて小倉山麓《さんろく》に方々の寺院の鐘が響きわたる。おそらく東山三十六峰にも同じ刻《とき》、新しい年を告げる鐘がゆったりとなりわたり京の町を包みこむであろう。

千年の歳月、戦乱の時もまじえて、古い都の新しい年は音と共に訪れ、文化の底しれぬ深みを思わせる。梵鐘の響きは、内にこもって重層した気韻を漲《みなぎ》らせ、やがて現在を突き抜けて、目に見えない彼岸へ移り響いてゆく。

音は現《うつつ》も幻も限界はなく、我々の願いをこめて上昇し、また永遠の闇に溶けこんでゆく。過ぐる一年、あまりにも想像を絶する世界を揺るがす大惨事が起こったため、新しい年を迎える新鮮なよろこびは湧いて来ない。ただどこからか刻々迫ってくる人類の危機が感じられるのみである。

先年おとずれたイランの国境の町マシャドのことが思われる。内戦にむかう兵士を送る人々は、まさかこれほどの戦乱がイスラム圏を襲うとは予期せぬことだったろう。年をとったせいか、今年ほど鐘の音が身にしむ年もない。胸中にいいしれぬ哀しみが湧くのは幼児の姿である。戦争と飢えしかしらない子供、何ひとつあらがうことのできない幼児に加護がありますように。数少ない為政者のためにこれ以上の愚かな悲劇を何としても止めなくてはならないと、鐘の音に願いをこめずにはいられない。

夢の浮橋

このたびの、たまゆら紀行は、もともと正倉院の美の源泉をたずねるという旅であったから、私達はまずペルシャのオアシスの都エスファハーンを訪れた。

青、白、緑、黄のタイルを天空まで積み上げたかのようなブルーモスクは、若い頃から夢にまでみたものだった。そのモスクに一歩足を踏み入れた時、胸の高鳴りとめまいが一挙にやってきたようであった。偶像を排除し、抽象、草花、装飾書体を蜂の巣のような天井にちりばめ、無限にどこまでもくりかえされる紋様をみつめていると、まさに「恐怖の空間」といわれる息をのむ壮麗さだった。

めざす正倉院の源流と思われる工芸品、とくにペルシャ錦にはなかなか出会えなかったが、絨毯《じゅうたん》、細密画、密陀絵、装飾書体などは、よくぞここまで精密に描きこむことが出来るという技術もさることながら、この中近東の文化の発祥地に根ざす美に対する透徹した意識の深度は驚くばかりだった。とくにイランはアメリカ文化に背をむけ、イスラム教の中で醸成された神秘的な戒律の世界を色濃くのこしていた。

中でも蒼穹《そうきゆう》のようなモスクの大天井や天高く聳《そび》える尖塔《ミナレット》の輝きは、信仰のない私達をもひざまずかせる迫力であった。

エスファハーンの中心を流れるザ・ヤンデ河にはサファヴィー朝の華麗な名残をとどめるハージュ橋がかかり、夕暮れになると一つ一つの廻廊に灯がともり、河面にゆらぐさまは、まさに夢の浮橋、たまゆらの漣《さざなみ》であった。

（二〇〇二年一月）

Ⅳ

朱の仏

今日は八月二十四日、地蔵盆だ。早やあれから五十五年の歳月が流れた。兄二十九歳、私二十四歳、今思えば哀切な別れだった。

青春のただ中をひきちぎられるようにして、彼はひとりで旅立った。ことのほか厳しい炎暑の年、逃げ場もない西陽の射す部屋で苦しむだけ苦しんで、地蔵盆が来れば涼しくなるね、と合言葉のようにいっていたその日に亡くなった。

七月十四日巴里祭の宵、いつかきっと二人で巴里へ行こうとその夜も語り合っていた時、突然の喀血だった。どうすることもできず、肺が崩れてゆくのがよく分った。

夜あけにあと始末をしに庭に下りると、紅蜀葵《もみじあおい》が丈高くゆれていた。

「旬日をいでずして、幽明境を異にす……」と父が巻紙にしたためているのをみた。

十九歳で先年下の息子を亡くし、今、ひとりのこった息子を見送る父が灯影の下で小さくみえた。葬送の日、炎天の道に白い衣を着て土下座した。あの頃あんな風習がまだあったのか。なぜかそれが自分にふさわしいような気がしたが、肉親の姿はいたいたしかった。

秋の風が身にしむ頃、のこしていった衣を濯ぐとき、手のさきまでしびれるような哀しさだった。「はかなき夢の世の中にかくて我はいつまで生きん」という讃美歌が終日、胸の中に響いていた。遠い昔のことをこんなに鮮明におぼえているとは――とめどなく溢れてきそうなのでこの辺でやめておこう。今朝門の扉をあけたとき、ふと彼が生きていたらどんな老人になっていたろうと思った。いつまでも少年のような面ざしだったが、きっと芸術家だからいい恰好をしてただろう。といってもいつものあのセーターしか浮んでこない。

先月、彼の生れ故郷の図書館で遺作展をしていただいた。私の持っている四十点余の絵を展観した。その中に、「朱の仏」という作品がある。燃えるようなバーミリオンの中に小さな仏がきゅっとした瞳をこらして坐している。この絵が出来上った時、私は戦火の上海にいて、どうしても出来た絵を私に見せたいから送る、といって来たが、その頃、海は魚雷が一杯でとても無事に着くとは思われなかった。昭和十九年、電話など届くわけもなく、たよりは郵便だけだった。

無事絵が届くまで息をひそめて祈るように待っていた。「我が心こめし朱の仏を贈る」と記した絵が奇蹟のように無事とどいた。

それ以来私の傍に今日まで離れることはない。思えば戦火の上海をのがれ、神戸で焼夷弾《しょういだん》で家を焼かれ、東京にもどったのは終戦の前年だったが、漸《よう》く家財道具だけ持って逃げまわったのにどうして手もとにのこっていたのか、あまり遠い昔のことで忘れてしまったが、この絵が私からはなれずについて来てくれたのであろうか。そうとしか思われない。

（二〇〇二年八月）

能見日記　夏から秋へ　二〇〇二年八月―九月

八月十九日

いい午後の時間だ。どこからか涼しい風が入ってくる。人生の最終段階にきて、少し休養をとりなさい、といわれているのだろうか。いつもいつも四六時中仕事に追われ続けてきた。こんな風にぼおっとして森の緑をながめている時間など考えられなかった。アルヴォ・ペルトの音楽、水音、色褪せたあじさい。それなのに私は何冊も本をかかえこんでこの山荘に来てしまった。

締切の迫った原稿もあるというのに、ずっとドストイエフスキイを読みふけっている。

ここ二、三年、どうしたことか、とりつかれてしまった。私には大きすぎる対象だとはわかっている。世に何千万という人がドストイエフスキイに熱中し、熟読し、書きしるしていることもよく分っている。だからといってこの思いをとどめることができずにいる。日本の片隅で、年をとった機織《はたお》りの自分がこんなにドストイエフスキイを熱愛しているなんて、一笑に附されるかもしれない。しかしそれでもいい。

これからも何ども何ども読むだろう。一つの小説を三回も四回も。今夜もラスコルニコフ・マルメラードフに会いに行こう。

八月二十一日

台風が来ている。雨風が少しずつはげしくなる。こんな谷間で雨と風と川音をひとりで聞いていると、自然と一しょになって耐えているような親しみを感じる。目の前の森は、川岸の草をかばうように大きく揺れ、川がみるみる水量を増して、ごうごうという音にかわった。この台風を今日本列島は受けている、そして台風が立ち去った時、秋が来るだろう。森の中にひとめにふれず咲いていた秋丁字はどうしているだろう。

また「罪と罰」に入っている。なぜ小説だとわかっているのに我を忘れるのだろう。こんなに惨酷なことをしでかす人間に肩入れするとは——。大体殺人とか悲惨な場面はあまり生々しすぎて飛ばしてしまいたい方だが、ドストイエフスキイの場合は全くちがう。細部まで注意深く、くりかえし読んでいる。なぜかと自分に問うてみると、彼を救いたい一しんで、見おとしがないか、老婆からうばった品をかくすときも、そこはダメだとか、そこならいいとか、夜中にガバッと起きてまっ青になってかくし落しがないかと読み返したり、全く一しょになってヘトヘトに疲れてしまう。現実にはテレビなどで殺人とか幼児虐待とかを見ると耐えられなくてスイッチを切ってしまうのに、なぜラスコルニコフだけは許すのか。この偏執狂の傲慢な男に、まるで許しがたいこの男に、母か妹のようにかばわずにはいられないのはなぜか。そこを私は書きたいのだ。私の中にとぐろを巻いている得体のしれないものが私をうながしている気がする。それはあまりに途方もないことかもしれないが、私の中に思いがけない魔ものがすんでいるのかもしれない。

八月二十二日

昨夜来の暴風はあけ方近くにおさまった。川は姿を変え、見ちがえるような雄々しさで草はらを薙《な》ぎ倒してゆく。川幅は何倍にも増え、家のすぐそばまでおしよせている。堰堤《えんてい》はあふれかえり、怒濤のように水しぶきをあげている。自然は一夜にして変貌する。

夕方から雨が上り、濁流は少しずつ澄んできた。岸辺の草が流れの中で冴え冴えと緑にかえってゆく。

八月二十三日

陽が射してきた。川は何という素早さで自浄してゆくのだろう。川底の細石《さざれいし》がみるみる洗われてみえてくる。水に浸っていた草達がそろそろと頭をもたげて立ち上る。橋の上からみると、今まで見えなかった岩や木杭が洗われて姿をみせる。川もよみがえった。仙人草の白い花がまぶしい。

午後、「罪と罰」の最後の章をよみかかったら、あたりがうす暗くなるまで全く気づかず、遂に読み終った。四度目というのにこのたとえようのない感動をおさえきれない。といっても実は複雑で、一回、一回その感動の質がすこしずつちがう。以前のようにのこり少なくなった最後の章を惜しみ惜しみ、哀しみにくれて、時々本を伏せたりしながら読んだのではなく、もう少し冷静に、ドストイエフスキイがこれを書いた一八六〇年代の生活などを知るにつけ、その現実の悲惨さも加味してより複雑な重苦しさで読み終った。

八月二十五日

朝、冷え冷えとして初秋のおとずれだ。

昨夜は広河原で火祭りがあった。何千という松明《たいまつ》が見わたすかぎり野に燃える。地上の業火とも、万灯籠とも、幽界の幻とも思える。平坦なさして広くない野原が、この宵だけはかぎりもなく広くみえ、一瞬の間に幻想的世界に変る。

宵闇の中に青い煙がたちこめる。シュシュという松明の燃える音、檜の香り、いつもの人達とは見ちがえるほど活気づいた村人が、鉢巻、法被姿で立ち働く。

八時半、すべての松明に火がともり、いよいよ広場中央に高くかかげられた大松明に点火がはじまる。村の若者達が声援におくられて、それぞれの小さな松明に愛宕山の親火から火をもらい、大松明のまわりにあつまってくる。二十メートルぐらいあるだろうか、高い塔の先端に開かれた盃のような大松明は、夜空にすくっと立っている。そこを目がけて若者は、「イヤッ」というかけ声もろとも松明を投げるのだが、標的《まと》はあまりに高くて、なかなか入らない。何十回となくくりかえす。やっと盃ちかくまで投げあげられてもむなしく落ちてくる、或《あるい》は高すぎて遠くへ飛んでしまう。二十分、三十分、ようやく、人々の声援に力を得てすすみ出た若者の松明が見事に命中する。盃の中にみずからの炎となって飛びこんでいった。人々の歓声とどよめき、何かひとりひとりの胸の悲願がかなえられたような、突き上げてくる感動がある。あの松明の先端の盃は聖杯《グラール》ではないか、一瞬そう思った。あの盃の中に火を投げ入れるのは、人間の等しく祈る願望。地上より、力をこめ、想いをこめて、天にむかって火を捧げる、雄々しく天にむかって突進する。思いあまって見当ちがいの方向に飛んでゆくもの、弱々しくのぼりながら力尽きるもの、その中のたった一つが、命を投げいれて成就するのだ。思わず野原中に拍手がおこる。自分になりかわって身を捨てて火をともしたものへの拍手なのか、そんな意識もなくただ人々の胸に熱いものがこみ上げるのだ。素朴な、社寺一つない野原の火祭り、太鼓と鐘の音が響き、若者達と村の娘達が小さなお堂にむかって踊りながら街道をゆく。

九月三日

わずか一週間のあいだに天地はすっかり秋になった。この谷をとおる時雨が、あけがたの光にかわり、滴をおとしてゆくのがよくわかる。とおくの町までゆく時雨よ、谷をわたり、峠をこえてしずかに滴をおとしてゆく、朝のめざめにそれをきいているよ。

野に薄《すすき》が金色に穂をなびかせる。ひっそり野紺菊が咲き、風露がますます可憐に濃い桃色の花をひらく。野にんじんの白いレース、深山ほととぎす、山さんしょうの赤い実。あまり美しいので、雨の中を摘みに行った。

九月四日

終日雨。大雨になるらしい。あの可憐な風露はどうしているか気にかかりさがしに行くと、野に一輪もない。どうしたのか、おろおろさがすが、花びらの散っているのを見つけ、あきらめて帰ってきた。一夜の中《うち》に散ったのか、夏のなごりさえない。ジェーシー・ノーマンの歌う、リヒャルト・シュトラウスが作曲した「四つの最後の歌」をきいていて、その一つ一つの言葉と旋律の深い美しさに魅せられて、その歌詞をさがしてよんでみた。

九月

庭が悲しんでいる
雨がひそやかに花の中に沈む
夏がその終末に向って
静かに身ぶるいする
葉がひとつひとつ黄金の滴となって
高いアカシャの樹から下に落ちる
夏は沈みゆく庭の夢の中で

おどろき、疲れ、微笑する
薔薇のもとに今しばらく
夏はとどまり、平安を憧れる
ゆるやかに夏は
大きな疲れた瞳を閉じる

（ヘルマン・ヘッセ（門馬直美訳）

九月六日

きのうは終日しぐれていたから、今朝の日ざしはことさら深く秋にむいている。大気が澄んでいるのか、川のせせらぎが光っている。野に出ておどろいたことに、一面に風露がぱっちりと瞳をあけて咲いているではないか。何という早とちり、きのう嘆いていた私を、今朝は一だんとあざやかに、可憐に、花びらを開いて、雨の中、瞳を閉じていただけよ、と笑っているようだ。

朝、玄関のわきに蜘蛛が巣をはっていた。珍しい巣のかけよう。X《エックス》のまん中にご本人が四肢をふんばって磔《はりつけ》になっている。そのXはこまかいレース模様。繊細きわまりなく、一つ一つの接ぎ目に真珠玉（しずく）をはめこむ手のこみようである。あまりの見事さにしばらく息をつめて見とれて、「とっても真似できないよ、あなたの非凡な細工には」と讃めて上げたくなる。その蜘蛛の衣裳たるや、焦茶のバックスキンに白とえんじの水玉模様のズボンに、象牙色のシャツをきりりと着こなすダンディぶり。四肢を思いっきりのばし、Xの中心にしっかりはりつけになっている。自己磔刑図か。

お隣のおばさんにも紹介して、「すごいでしょう」と自慢していると、その声におどろいたか、ポトリと落ちてどこかへ消えてしまった。しばらくしてその前をとおりかかると、何とふたたび澄ました顔で磔をやっている。

「あんたってよっぽどはりつけが好きなんやなあ」

（二〇〇二年八月―九月）

山里のはなし

こんな山里にいると、お盆のにぎわいは格別である。遠い町の若者一家が帰って来る、老夫婦も花を捧げてやってくる。山の中腹の墓は小瓶の酒や、果物、野菜、菓子であふれかえっている。終日人声や線香の香りがして、平素静まりかえった山路に花が咲いたようだ。

かく言う私は、ただこの風光が気に入って小さな家を建て、折々やってくるよそものにすぎないのだが、にもかかわらず、いつしか心身ともにこの里に馴じんできてしまったのか。京の町中の盆よりは何倍も色濃く、情深く感じられて、生前会ってもいない人の墓にも詣でたりするのである。家の真向いの一人暮しのおばさんのところに、八十五歳になる親戚のおばあさんが訪ねてきて、しばらく泊っている。もう背がすっかり曲ってしまって二つ折れになって歩いているが、頭は冴えかえっていて、手先は器用そのもの、いつも小裂《こぎれ》を縫って人形をつくったり、折紙で七いろのくす玉を作ったり、「家で藁をたたいて、草履を十五足も作って来たんや」と言う。私が行くと、「まああがれ、あがれ」と言って、延々二、三時間話をしてくれる。耳が遠いので一方的に自分の話ばかり、大声である。私はその話は、昨年の冬も聞いたことがあるので今回は二度目、細かいところまですっかりおぼえてしまった。まるで浄瑠璃もどき、忘れもせん、と涙まじりにとつとつ語ると、私まで涙がにじむほどの熱演である。

「私は二十一の嫁女《よめじょ》でな。暮の大晦日、忘れもせん、京からこの家の娘が四つの男の子と、おなかは今にもはち切れんばかりの姿で帰ってきた。京の町の友禅職人で腕のいいその夫は、酒のみで仕事をせん。女房の着物も全部質に入れて呑みつくし、とうとう血を吐いて死んでしもた。一銭のたくわえもなく乞食同然でたどりついた実家でその夜、女の子を産んだんや。あわれでな、誰も祝ってやる言葉もでなんだ。そのうち半年もしてから、京の街の瀬戸もの問屋の妻が、女の子を産んですぐ死んでしもた。乳がない、誰か乳の出るもんはいないやろか、とさがしに来た。この家ではやむなく男の子をのこして、娘を乳のみ子を背負わせたまま、京へやってしもた。乳女か、後妻になるかもようわからんままに、あわてて京へ去《い》んでしもうたあとにのこされた男の子は、かしこうて、機嫌ようくるくる田んぼのまわりでよう遊んだ。わしは自分の子のようにかわいいて育てがいがあったが、翌年の夏、ふとわずらって、死んでしもうた。疫痢やということや。京へ行った娘は左の乳房《ちち》を、のこされた家の赤子に、右の乳房を自分の生んだ赤ん坊にふくませて育てていたんやが、ふしぎや、のこされた家の子は日に日にやせ細り、自分の子はまるまる太っていった。母乳が合わなんだというこどもあったのやろ、その赤子は死んでしもた。

その後、その家の嫁になった娘は次々と子を産み、三年も経った頃やったろうか、実家から連れていった子を邪魔になるいうて、返してくることになったんや。忘れもせん。わしはねんねこを用意して峠まで迎いにいった。母親は来んと、使いのもんがまるで猫の子をわたすようにわしにわたした。わしはその子があわれであわれで、ねんねこにしっかりおぶって家の近くまで来ると、わしの兄い《あに》に出会った。兄いは背の女の子の髪をなんべんもなぜて、「かわいがってもらえよ、あんじょ、かわいがってもらえよ」と飴玉をくれた。わしは自分の娘や息子とおんなじように大事に育ててきたんや。今、ほれ、川むこうの畑で働いてる娘、あれがその子や。あそこの家に嫁にもろうてもろて、今じゃ孫もでけてますわ。あの子が六つくらいになった時やったやろか、また京の町の母親から迎いが来てあの子を引とりたいという。そんな勝手なことあるもんか、とわしらは怒ってはなさなんだが、あの子の爺《じい》が京へ返せというてとうとう連れていってしもた。その頃戦争がひどうなって食べるもんもない頃や。或日近所のもんが京に出て、あの子に偶然会うたら、やせ細って青い顔して角《かど》にぼおっと立っとったらしい。その話きいて、わしゃ矢もたてもたまらず、京へ飛んでいってあの子を連れもどして来たんや。その後噂によれば、その家は倒産して、街頭に瀬戸ものを並べて売ったりしていたが、母親は苦労して死んだようや。まあ、そんな、こんな、いろいろあったわいな」と顔をくちゃくちゃにして笑った。

かわいい笑顔である。

私は延々と続くこの昔話をきいて、話のむこうに見えかくれするその子の母親のことがしきりに思われた。何という忍従と屈辱の一生だろう。まわりの身勝手な大人に振りまわされ、我が子を猫の子のようにあっちやり、こっちやり、自分の思いはどうなっていたのか。それを女の不幸と呼べるのか。わずか五、六十年前の、暗い森のような山里の暮し。それは日常のことだったかもしれない。誰も手をつけることのできないご法度だったかもしれない。

女はそうしてなるがままに生かされる。無知といえばいえるが、その中でどんなに思いを砕き、涙もかれるほど泣き、智慧を絞って生きてきたのだろう。誰にも言えない闇が胸一杯にひろがり、哀しみのかたまりをぐっとのみこんで生きるしかなかったのだろう。

「あわれな」「忘れもせん」とくりかえしたおばあさんの声音が今も耳にのこる。

（二〇〇二年八月）

刺衲七条袈裟のこと

細かい霧雨の中を比叡山にのぼる。

山頂に近づくにつれ一寸先も見えない濃霧となる。深い谷から立ち昇る白霧の果てに、かすかに杉木立が立ちあらわれる。湖も姿を見せない。

今日は延暦寺の宝物殿で「刺衲《しのう》七条袈裟」を拝見した。かねてこの袈裟のことは聞き及んではいたが、今日、七条袈裟の前で立ちすくむばかりだった。ここ二、三年、どういうご縁でか、袈裟をつくらせていただく機会があり、袈裟のことを少しく知れば知るほど、私達の仕事の最終原点ではあるまいかと思うようになった。そんな中で見たこの袈裟は、世間の常識、現代の知識などではおよそ測り知ることのできない全く次元の異る世界のものであり、現代の僧侶がまとう錦襴のまぶしいほどの袈裟とは無縁のものといいたいものであった。

この刺衲七条袈裟というのは、今から千二百年前、最澄が唐より将来したものであり、「荊渓和尚納鎮仏隴供養《けいけいかしようのうちんぶつろうくよう》」と墨書されており、中国天台宗六祖の荊渓大師、湛然《たんねん》（七一一―七八二）が、仏師の仏隴寺行満《ぎようまん》に授け、そののち最澄に相伝されたものである。

日本に持ち帰ってもうすでに千二百年を経ているというのに、今目の前にするこの袈裟の何と命あること。脈々と伝わる法脈とでもいうのか、仏法のことを何もしらない私でさえ、滾々と湧く泉の前に立った思いである。

まず、よくこの袈裟をみてみよう。

死者、乞食、行き倒れの人々がまとっていた襤褸《ぼろ》を水で洗い、洗い清めると、麻や木綿はすでに繊維にかえっている、その糸屑《いとくず》をあつめて、藍と茶と白の、三色に染めわけ、それを無造作に並べてみる。それを、あつめてあつめて、フェルト状になるまでつめつめにして一枚の布のような状態にする。本来布ではなく、糸状のものを上から刺し縫いしてゆくのである。藍色の麻糸で刺して刺して、それがあたかも一枚の布であるかのごとく細い針目で無尽に刺してゆくのである。織ったものではない、それにまず私は目をみはる。一針一針、何万回心こめずにはいられないだろう、死者や貧者の最期をみとった糸屑、糞掃衣《ふんぞうえ》とも衲袈裟ともいわれている、世の中で最も汚れ、忌み遠ざけられていた死者達の衣。その人達の供養のために、魂を無事、かの岸に送りとどけられるようにと一針一針に願いをこめる。死者達の供養のための衣がこの刺衲七条袈裟なのである。

それにしても、この絶妙な裂地《きれじ》の味わいと配色、そういう俗っぽい目でみてもこれは秀抜の感性である。勿論《もちろん》その時代、その環境の中で感性など考えてもみないものだったのはよく分る。たまたま、そこに茶を染める橡《つるばみ》（団栗《どんぐり》）があり、藍の葉が育っていた、それを絞って藍の生葉染をしたのかもしれない。その頃、千年前に藍の麩建《ふすまだて》はなかったろう。この涼しい品格の高い藍の色が千年前のものとは思えない。今染めたといっても疑わないほどの瑞々《みずみず》しさだ。そしてこの茶の何と心憎い粋な渋さ。まさに茶と藍と白のとり合せは、完璧な色彩感覚である。これ以上何もいらない。同じ茶の麻裂で田相とよばれる縁《ふち》どりをほどこしている。それが七つに区切られているので七条という。

昔、仏陀が弟子をつれて田園を歩いている時、水をはった稲田があまり美しいのでそのような意匠を弟子に命じて布でつくらせ、それを肩からかけて修行の旅をつづけられたという。田相、福田衣、などと呼ばれ、それが袈裟の元祖になったのだと聞く。それ故、師祖の用いていた袈裟を、弟子にゆずるということは、その法生命をゆずることである。最も信頼し、後世をたのむ優れた弟子にのみゆずられるという。

経典や寺院とは違う、直接師の肉体に近く羽織っておられたものを戴くのである。まさに法灯を継ぐということか。この世で最も汚れたもの（糞掃）と、最も尊いもの（法の命）とが一体となって今私達の前に存在する。その比類のない深い泉のような美しさはただごとではない。何か目の前によこたわる七条袈裟から漂い立ちのぼってゆくものがある。目にみえないものが気をとおして私の中へ浸透してゆく。それは、あまりにも美しいが、美と呼ばれるものではなく、この世に顕現されるおのずからなるものとしかいいようがない。人間の意志がある時、天にかよい、天がみそなわしたもの、物質として袈裟としてしか私達の目にはみえないが、おのずとこの世にあらわれ、千余年ものながい間、この世にとどまり続けているもの、そこに意志が、仏法の深い意志が宿り、まだそのつとめを終ることができず、ずっとずっとこの世にとどまって供養のつとめを果しつづけて下さっているのではあるまいか。

私達はいまだ覚醒の時を迎えることができず、この袈裟に宿る永劫の願を解くことができないのである。

（二〇〇二年八月）

不知火

先年冬、石牟礼道子さんをお訪ねした。

熊本空港に出迎えて下さった石牟礼さんに、水俣に向う車中で、新作能を書き上げられたこと、それが明年夏、梅若六郎さん方によって上演されると伺った。その新作能「不知火」の話を伺ううち、右手にみえはじめた冬日に光る海をみながら、私は何か総毛立った思いにおそわれたのである。

石牟礼さんの語り口は、ささやくようにゆるやかで、決して私の想念をゆさぶるようなものではないはずなのに、海霊の竜神、その姫、不知火、王子常若、隠亡《おんぼう》の尉《じょう》など次々と幻の如く私の瞳の中にあらわれ、傍の石牟礼さんが不知火の精になって、すぐ眼前の海にむかって語りかけているようであった。いや、不知火は石牟礼さんそのものとなり、何者かが、石牟礼さんをかりたてて現われたようであった。これは何事があっても拝見したいと、その日を待ちかねて、翌年七月十四日の初演に上京した。

舞台は少しずつ灯が消え、観客は水を打ったよう、というよりは全体が海の底へ沈んでゆくような静けさである。

橋がかりから、光の玉を抱いたコロス（上天せし魂魄たち）が水底から浮き上った如く、音もなく舞台へすすんでゆく。ひとり、またひとり、六人のコロス、その間に笛、小鼓、大鼓、太鼓、地謡の方々が居並ぶ。

やがて小鼓の一声、水底から天にむけて切り裂くように鋭く、つよく、そして軽く、白い一線を貫いて昇ってゆく。

隠亡の尉があらわれる。実は末世にあらわれる観音菩薩である。隠亡とは死者を焼く火葬場に働く人で、何か世間から異様な感じを持たれているが、石牟礼さんの「あやとりの記」に出てくる毛皮のちゃんちゃんこを着た隠亡の岩殿《いわどん》は、小さなみっちん（石牟礼さんのこと）に「おう、来たや、こっちに来え《け》」と手まねきして木苺をくれる爺さまである。

「子供の頃、その火葬場のお爺さんの後をついていったりしてました。いつも毛皮のちゃんちゃんこのようなものを着て、芒《すすき》の間の細い道をひょっこひょっこと歩いているんです。大きな鉈《なた》を腰からぶらさげていましてね。大人たちは、隠亡さんは死人さまの膝の丸い骨を、かりかりかじりながらお酒を飲んで、焼き上げた帰りにはやはり芒の道をうしみつ刻《どき》に、火の玉をちょうちんがわりにして帰るとかで、深い畏敬のような念を抱いていました。ついて歩いていると、木いちごなんかを、ほれっと差出してくれるのを、こわごわ離れてついてゆくんですけれど、そばへ行ってもらうんです」という。

子供の頃からみっちんは、この世で最も忌み嫌う仕事を引き受けて黙々と働く隠亡さんの姿に、幼いものの曇りのない眼をむけ、それが菩薩と結びつくという壮大な転換をなしとげているのだ。

「頃は陰暦八月八朔の夜、幾十条もの笛の音去りゆくやうにて風やめば、恋路が浜は潮満ち来たり、波の中より光の微塵明滅しつつ、寄せうつ波を荘厳《しょうごん》す」

圧倒的な言霊《ことだま》の響き、石牟礼さんの言葉は芸能の真髄に至り、言葉ではない別次元の妙音をたぐりよせ、響かせる。

と、そこへ竜神の姫不知火が、「夢ならぬうつつの渚に、海底より参り候」とて浮び上る。その姿は、「夜光の雫《しずく》の玉すだれ、みるほどにあやにかそけき姿かな」。幽艶なその容姿がかすかに滑るように橋がかりをすすんでゆくのを、ただ息をひそめて見入るほかはない。

梅若六郎さんの、この新作能にかけての心意気は、この一瞬に凝縮したかのようである。かつて神々しい原初の海であった不知火海が、現代の最も象徴的な暗い惨劇の舞台となり、生類の破滅を招くに至ったそのただ中に、『苦海浄土』を著した石牟礼さんは、水俣と共に生き、病み、死ぬ人々を見つめながら、もはや言語によっての救済はあり得ないと、思い至ったとき、天啓のように作能に出会った。胎内に宿した玉を吐き出さずにはいられない、それは文章にしてのこすのではなく、日本の芸能の祖に托して、言葉からの呪縛をはなれ、音曲、舞という翼にのせて羽ばたかせたい、という思いがつよくあったのであろう。石牟礼さんは、「なにをどう書きたいのか、非常に漠然としていました。しかし、書きはじめてみると、言霊たちが憑依《ひょうい》してきて無意識の海底へくぐり入りながら身をまかせるようなよろこびがございまして」と語る。

大岡信さんが「石牟礼さんの文章はちょっとずらせば能の言葉になる」といわれた如く、新しく生れた能を待ちうけるように演出する人、舞う人、音を奏する人、謡う人たちが結集した。目にみえぬ世界からひたひたと集ってくる精霊達、死者達と、我々観客もいつしか一体になっていた。

石牟礼さんの願い祈っていた救済がこのような形で顕現されつつあるのだろうか。竜神と母の海霊は、山中の水脈から海底に湧く泉まで、この世の水脈のすべてを司《つかさど》る。

今、有機水銀の猛毒が海や山を侵し、生類が死に瀕している時、不知火と常若の姉弟は父母の命をうける。弟常若は水脈の毒とヘドロを身に浴びて命脈の復活を願って奔走するが、遂に力尽き息絶え絶えとなっている。姉の不知火は瘴気の海中で自身の身を焚《た》いて魔界を滅ぼそうとして、今や全力を使い果し死を目前にひかえている。その時、隠亡の尉は菩薩の姿となって、八月朔日満潮の夜、恋路が浜に二人を呼びよせ、妹背の契りを許すのである。二人は姉弟であるが、相思相愛の夫婦となって昇天する。そこへ菩薩に呼ばれた中国の音曲の祖「夔《き》」が登場し、姉弟の祝婚と、海の浄化を祈り、舞に舞うのである。

「ここなる浜に惨死せし、うるわしき、愛らしき猫ども、百獣どもが舞ひ出《い》づる前に、まずは出で来よ」、そして最後の章に「神猫となって舞ひに狂え」とある。出で来よと呼びかけられているのは被害者も加害者も、何の関係もないと大きな錯覚をしている我々自身もすべて、ここに出で来よ、と呼びかけられているのではないか。

石牟礼さんは、「生身の肉声を書こうとは思うのですが、そのままではつろうございますので、言霊にして自分と一緒に焚いて、荘厳したいと思っているのです」と語り、不知火は「己が生身を焚いて魔界の奥を照らし」て荘厳されてゆく。それは決して暗い怨念や呪詛の世界ではなく、二人の死の祝婚は、何か復活を予感させ、照し出された光の奥に救済を感じずにはいられない。それはこの時代を共に生きるものの願いであり、祈りである。

今から十二、三年前、石牟礼さんは、イバン・イリイチ氏との対談で次のように語っている。

「極端な言い方かも知れませんが、水俣を体験することによって、私達が知っていた宗教はすべて滅びたという感じを受けました。

人類が自分の歴史を数えはじめてから、二十世紀という長い時期を支えてきたその宗教史において、宗教を興してきた人々は、つねにその受難とひき替えに宗教を興してきたわけでしょうが、もし二十一世紀以後があり得るとすれば、水俣の人が体験した受難は、次の世紀へのメッセージを秘めた宗教的な縦糸の一つになるかもしれません。つぎにくる世紀がそれを読み解けるかどうかわかりませんが」

私はこの文章を読んだ時、つよい衝撃をうけた。あれから十数年経ってもその思いはすこしも変ることがない。すべての宗教が滅び、水俣のような受難とひき替えに新しい宗教が興るか、もし二十一世紀以後生きのびることができれば次の世紀へのメッセージとして宗教的な縦糸が果してのこせるのか、またそれを読み解くことができるか、これらの予言が常に私の内部で因陀羅網の網の目のようにゆらぎふるえつつ何かを期待していたのだろうか。水俣に石牟礼さんの存在を知り、『苦海浄土』を読んで以来、片時も離れることのない想いである。

昨年の同時多発テロ、パレスチナ問題、今まで想像すら許されなかった残虐な殺人、幼児虐待等々挙げればきりもない人類の荒廃に対して、この問いかけは底深い悪の源泉から鳴り響いてくる。石牟礼さんが遂に言葉では救済出来ないと語り、「言霊にして自分と一緒に焚いて荘厳したい」といわれたことを思わずにはいられない。窮極の救済とは何か、そんなものが存在するのか、烈《はげ》しい問いかけが迫ってくる。宗教的な縦糸とは何か、それを読みとることができるのか。従来の宗教にはあり得ない、全くことなる救いとは——。あの同時多発テロのむこうに救いはあるのか、パレスチナの自爆の子等に救いはあるのか。自爆しか生きる道がない、それなら自爆こそ救いなのか、中東の若い娘が爆弾を車に積んで、「私達はいずれ天国で皆に会えるのです」と微笑して走り去った映像をみた。世界の歯車が狂い出した、併《しか》しそれを誰がくい止められよう。

今日偶々《たまたま》、水俣の「本願の会」から「魂うつれ」という季刊誌がおくられてきた。そこに、「狂牛病で忌わしい烙印をおされた牛たちを、「解体し、焼却処理した」と政府が発表した。しかし発病からの経緯にしても、明らかに人間社会の犯した罪なる病を背負って受難した牛たちに対して、あまりにも無礼ではないか」と、記されていた。人間中心主義にこりかたまって、それらの牛達に魂の祈りを捧げることなど全く考えようもとせず、安心して美味しい肉のたべられなくなったことを嘆いている人間達。

私はこの記事を読んだ時、胸をつかれ、これは水俣の人しか語れない、毒水を背負い狂死した人々の無念が生類のすべてに及んでいることを知る人々の、怖《おそろ》しいほど優しい目ざしであり、その人々のはげしい告発であると思った。

同じこの雑誌の中で、「ありがとう犠牲の海に」という杉本雄、栄子夫妻のインタビューがのっていた。その中に、のさりという言葉が出てくる。はじめどういう意味かよくわからなかった。繰り返し読むうちに、これは大変な言葉だと思うようになった。あまり意味内容が深くて言葉で説明することはむつかしいが、ずっと水俣のことを思い、石牟礼さんや亡くなった砂田明さんを知り、また昨年、緒方正人さんにお会いして、このこのさりという言葉がこれらの方々そのものであり、説明を要しないような気がしてくるのである。

杉本夫妻の言葉をかりれば、

「どぎゃん海だっちゃ、海は海ばい」

「海が赤くなればこっちも赤くなる。青になれば、青になってるから。一緒だから」

「当たり前と思うよ。海ん中おる自分も当たり前と思っとるし」

「それに生かされて生きてるだけの自分たちじゃって」

「沖に出れば、獲れなくても楽しいわけでしょう。獲れれば、「ワー、こげんおるよ。なんばしてお礼をするか」ってなれば踊り出す、歌い出すでしょう。やっぱ嬉しかという時、私は踊り出すもん」

杉本さん夫妻の海はこういう海だ。今も昔も。併し、

「いやぁ、じつに病気（水俣病）があったで、こしこ（これだけ）気のぬるう（穏やかに）なったかな」

「そこらあたりで人に合せなければならない時代ば通ってきとってね、泣いて、わめいて、悲しんで、狂うてね、（そして）今だもんね。絶対呑気じゃなかったよ。狂ったよ。考えたよ。泣いた、叫んだよ。そして、結果だもんね。あんときより今がよかがねっち、あんときのあったで今じゃがねっち」

「それに会う会わんは、のさりやもんね。まさにのさりよ。会わんもんは会わんともん」

どんな苛酷な運命が襲ってきてものさり、その時の最後の受け入れる覚悟というか度量というか、のさりとはさずかりもの、神の賜りものであるという。杉本夫妻はじめ水俣の人々がそこまで考えに考え、苦しみぬいたあげく水俣病を自分の守護神と思い、のさり（賜り物）と思う。被害者も加害者もない。緒方正人さんが最近出された本の題に『チッソは自分だ』とつけられたこと、父を奪い、自身も苦しみ狂った果て

にこの心境に到達されたこと、それこそがのさりである。前人未到の気がする。今までどんな宗教がここまで語ったろう。高邁《こうまい》な学者の口からではなく、患者さん達の口から、海に生き、海に生かされている漁師達の口から、その言葉がはじめて発せられたのだ。

私達が百間港の埋立地を訪れた日は、月に一回のお地蔵さんを彫る日だった。そこで緒方正人さんをはじめ数人の方々とお会いした。行政が、ないものとしようと埋め立てた水銀ヘドロの地には、思い思いのお地蔵さんが海にむかって立っていた。その傍にずっとうばめ樫の樹が植えられ、その下にころころと木の実が一杯落ちていた。私達はなぜか物も言わずひたすら木の実を拾い集めた。そして京都に帰って染めたのである。

その赤みを帯びた灰紫色は、思いなしか石牟礼さんの眉のあたりに時折かげる憂《うれい》の色のような気がするのである。

（二〇〇二年八月）

時代の菩薩たち

先日テレビで、社会学者の鶴見和子さんと生命誌学の中村桂子さんの対談をきいた。お二人ともはっきりと語りたいこと、たずねたいことがあって、息もつかせない緊迫した時間だった。

その内容はそれぞれの専門で、難しい言葉もあったが、何よりも伝えたいこと、教えられたいことが先方と私達の間にはっきりあって、よく分り、面白かった。

鶴見さんは若い頃から社会学の勉強をされ、近代科学を中心に仕事をしてこられた。そして病に倒れる前、「内発的発展論」という学問分野を打ちたてられた。鶴見さんは言う。私は水俣病に出会い、直接水俣で患者さんのひとりひとりから話を聞いてまわった。それは、現代科学の今日まで進んで来た道に大きな崩壊が生じたことを物語っていた。海に流された有毒水銀が人体を破壊するに至るまでに、すでに自然を破壊し、動物、植物、さらに人間の精神、家庭、社会、教育すべてに及んでいた。自分が今日まで学んできたことの多くは西欧の学問だったが、今自分が倒れ、半身不随になって、半分死んだ人間として、もう一ど見直し、立て直ししなければならないものがあると気づいた。そしてたまたま中村さんの自己創造の本を読んだ。是非会いたい、語りたい、教えてほしい、と。

中村さんは語る。

今までは生命科学だった。今私は生命誌、バイオヒストリーということを考えている、と。生物の多様性——五千万種類の生物——ありとあらゆる生物の多様性の中でたった一つ、すべての生物が必ずもっているもの、それが細胞である。一つの細胞をもっているものがあり、人間のように何兆という細胞をもっているものがある。併《しか》しその一個の細胞は違わない。その一つの細胞には必ずDNAがある。それをゲノムとよぶ。細胞が一つであれ、何兆であれ、多様性をもった生物達が四十億年生きつづけてきた。あらゆる困難に出会っても生きつづけてきた。それは常にバランスをとっているからである。一つが滅びても他の一つが生き残り、九千万死んでも一つは生きのこる。人間もそのようにして生きてきた。生物が単に進化したのではなく、お互いがそれぞれの可能性においてバランスをとりつつこの生命界を存続させてきた。かつて自然と人間は一体であり、人間も自然の一部だった。それをいつの間にか忘れて人間が自然を支配するようになり、それが狂った世界を生み出している。どうしたらいいか、再び自然と人間の共生する世界をよみがえらせることはできないか。

中村さんはDNAを見出した時点から、何か新しい生命科学のキーワードを見つけ出したいと考えているといわれた。

鶴見さんは八十六歳のご高齢で半身不随の身でありながら、もうじっとしてはいられないというような緊迫した心境で、中村さんに迫っていかれる。何とかこの自然と人間の間をとり結ぶ鍵はないものか、と。「さあ、どうだ、どうだ、何とかならないか」と鶴見さんが詰めより、中村さんが、「そんなことといわれたって、私だって考えに考えているんです」と辛《つら》そうに顔を紅潮していられる。聞いている私まで何か頭も心もひきしぼられて脂汗が出そうになる。

何とかならないのか、何とか救えないのか。沈没寸前の巨大な船に一本の叡智の綱が投げわたされて、それを誰かが命がけで摑みとって大きな方向転換ができないものか。

このお二人の、専門分野のことは難しくてよくわからない私でも、お二人の話がまるで叡智の綱のように暗黒の海に投げ出され、そこだけ光が射しているかのように思う。鶴見さんが生死の境をようやく脱出し、今までの学問を土台にしつつ、新しい人類の社会学（大きな崩壊後に人間の生きる来《きた》るべき社会）をひらき、半分死んだ人間が、もう一ど活きた社会への叡智の綱を投げかえそうとしていらっしゃる。それは何とも壮絶なことではないか、崩壊した吾身をかえりみず――。身体不自由、痛苦に耐えるだけで並の人間は精一杯なのに、今この気魄をもって思わず中村さんに、「どうにかならないの」とくってかかられたことに私は目をみはった。中村さんも必死だった。「そんなこといわれたって、私だって」と身をよじるようにいわれたが、私も中村さんの話をきいていて、あらゆる生物がたった一つ共通にもっているものが細胞であり、それがDNAだと伺った瞬間、何かぱっと光が走ったような気がした。

この地球上であらゆるものが絶滅に瀕しても細胞だけはのこる。何の知識もない私が途方もないことを言っているのかもしれないが、それが生命の根源、ひいては神の意志につながるのではないか。たったひとつ神は救いの道をのこして下さっている、すべてのものに、細胞が一つしかない生物にも何兆ももっている人間にも平等に。何兆も細胞をもっている人間は、それだけ賢く、恵まれているから、この世の中をどんどん人間中心の住みやすいものに変えてゆく。邪まなもの、汚いもの、すべて排除して、清潔で、能率的で、美的な社会が出来上る。併しその陰に何兆という捨てられたものが存在し、それらが今徐々に人間社会にむかって牙をむいて闘いをいどんでいる。都会のコンクリートに埋められた地下の何兆ともしれぬ草花の芽はどうしているだろう。地中でうごめいて、今にも爆発するだろう。そういう不気味な危機が日に日に迫ってきているのに、なぜ人類は、現在さえよければいいという考えに傾いてしまうのだろう。かく言う私だってそうなのだが、心のどこかでは絶えず、こんなことではいけない、何とかならないものかと、頼りない力をふり絞って考える。が、それが言葉にも行動にもならず、せいぜい仕事に集中する以外ない始末だ。そういう中でははっきり言葉にして訴える鶴見さんや、それに必死で応答する中村さんは、現代における菩薩様かと思った。吾身をかえりみず、新しい学問分野を切り開こうとして、迫ってゆく鶴見さんに、「私だって考えて考えて、たった一つ、生物のすべてに細胞が存在するってことが分ったんです。それが今のところキーワードなんです」といわれた中村さんの言葉に私はひっかかった。とりすがるような思いだった。

何の科学的智識もない私が、なぜか中村さんの投げかけた綱にひっかかり、そこにこそ鍵はあるように思われた。仏教者でもない私だが、不空羂索観音が虚空に救いの綱をなげかける、万物がその綱にひっかかって救われることを願うのが菩薩の悲願であるが、現代の人間は最後までひっかかることができずに苦しむのである。その中でわずかの人々が自分のことだけでなく万物のことを考え、人類の進む道をさがし求めて苦行してゆくのではないだろうか、などと考えるのである。

（二〇〇二年八月）

つなぎ糸

真っ白い経糸を経《た》てた。イメージは雪だ。灰色の空から絶えまなく降り沈む雪、夜の海、月光の中に降る雪、私の中にあの夜の松島の雪が浮ぶ。霧か雪けむりか、朦朧とした海上の奥から月の光がとどくかに見え、さざ波が幾千の光の粒をまきちらして海に銀色の衣裳をくりひろげる。まことか、と目を疑いたくなる自然の秘芸である。こやみなく、音もなく、色もなく――。

あのような一瞬を機《はた》の上に出現したいと願ってみてもかなわぬこと、せめて胸の中にあるものの、氷が水に解けるのを惜しむように、そこにとどまっているものを機に呼びこみたい。とつ、おいつ、私は雪が、氷が、解けぬ間にと、さまざまの糸を入れてみる。

イメージが物にかかわる時、かすかな軋轢《あつれき》がおこる。イメージが先行するか、物が征服するか、実はそのどちらでもないのだが、気がついてみれば私はつなぎ糸をもとめて葛籠《つづら》の蓋《ふた》を開けていた。

思えば四十年以上前、まだ機織りをはじめたばかり、近江に住んでいた頃のこと、私はそれを何気なくつなぎ糸と呼んでいたが、もともと農家の女性達が夫や子供に機を織って着せていた着物ののこり糸を夜な夜なつなぎためていたものである。赤や藍や茶の短い糸をつないで玉にし、それがたまると半纏や帯を織り、それは屑織《くずおり》、襤褸《ぼろ》織《おり》などと呼ばれていた。

藍の濃淡や白、茶、黄などさまざまの色糸が、まるで絵筆のタッチのようにリズミカルに織られている。美しい。なぜ美しいかは見ればすぐわかる。何の作意もなく、糸にまかせ織にまかせ、織手の思いが寄り添ってゆく、やさしく、つつましく。それは落葉の散りしく森の土のようであり、水の流れるままに洗われてゆく細石《さざれいし》のようでもある。そうなるべくして成ったという織物なのである。

私の生れるずっと前から母はなぜかこの屑織をこよなく愛し、あつめていた。その裂《きれ》で姉の洋服など仕立てて、幼い娘に超ハイカラな服を着せたと思いこみ、得意で大丸などに連れていったが、姉はボロ服を着せられて、「はずかしいて、はずかしいて」と言っていたことを思い出す。私は二歳で母の元をはなれているので、そんな思いをしたことはないのだが、後年、その裂をみた時は、胸に焼きつくほどつよい印象をうけた。幼くして別れた母や、その周辺にただよう魂をいざなうなつかしさであったろうか。のちの、織物へとみちびかれてゆく機縁ともなったであろう、母と私をふたたび結びつけた糸だったのである。気がつけば奇《く》しくもつなぎ糸と名づけていた。

この道へ入る契機《きつかけ》となった私の最初の作品「秋霞」は、そのつなぎ糸を使ったものだった。屑織の小さな布をみつめ、何とかして自分なりの屑織を再現したいと思っていた。併《しか》し織物をはじめたばかりの私はつなぎ糸など持っていなかった。新しい糸を切ってつなぐ、など本意に反したことであり、不自然である。当然、作意にみちたものしか出来ないのだ。試行錯誤のうちに思う、糸と織が互いに寄り添って優しい物語になり、柔らかい音を奏でる、それは昔の世界である。今の私には作意しかないのだ。ものを創り出そうという意識が先行して、つなぎ糸達がピチッ、ピチッと反抗して神経にさわるような音しかたてないのだ。そうか、それならばいっそ徹底して意識したものを織ってみよう、それが現代なのだ。そんな思いにこりかたまって何日か経ったある日、ふと気がつくと機が何か鳴り出している。それはヴァイオリンの弦の音のようでもあり、スタッカートのきいたリズムのようでもあり、室内楽のこまかい弦の響き合うようでもある。知らず知らず杼《ひ》が糸の間を行き交い、自分が何かに動かされているように織り進んでいた。つなぎ糸が自由にそうなりたい姿になって入ってゆく。私はただ手を動かしている。それがこの屑織の本意なのだ、とようやくわかってきた。「秋霞」はこうして誕生したのだ。

その頃、近江では母もまだ元気で、菜の花畑のまん中で、機を並べて織っていた。つなぎ糸は母と私の合作であり、三十数年を経て、再び結ばれた縁《えにし》の糸でもあろうか。そのつなぎ糸をつないでくれる人をさがしていた。その頃、周辺の農家では足腰の弱ったお年寄りがひっそり暮していたが、母は思いついてその方々につなぐことをお願いしたのだった。

手間のかかる仕事だったが、数人の方の丸い玉にした糸玉が少しずつ、滴がたまるように苧桶《おぼけ》の中にたまっていった。紺に白、白に紺、それらを藍の無地の中に織りこんでゆく。

今回の「雪の松島」にも白地に紺と藍を入れてゆこう、とそう思って葛籠の中をさがしているうちに、白い糸に三センチぐらいの黒い糸が等間隔にきちんとつないである玉を十個ほどみつけた。ああ、と私は思い出した。

冬の暮れがた、裏木戸に背を丸めたお爺さんがたずねてきて、「うちのばあさんに糸をつながせてくれんやろか。足腰がたたず、炬燵の中でじっとして、何か手をうごかす仕事がしたい、したい言いますのや、お宅の糸のしごとがうちのばあさんにもできゃせんかの」と言う。母はよろこんで早速糸を用意してお爺さんにわたした。それから何どか、月に一ど位、お爺さんが「うちのばあさんが、ありがたい、ありがたい、これをしとれば極楽や、といいますねん」といいながら持ってきてくれた。

その糸だ。何ときれいにつないであることよ、白と黒のつなぎめはほとんど見わけがつかないほど見事についである。三センチなどとみじかくついでくれとは言ったこともないのに、普通の何倍もかかる手間を惜しまず律儀についである。つつましく礼儀ただしく生きてきたおばあさんの生き方がみえるようだ。蠟燭の灯が消えかかる前の、ほんの一、二年を、きっとこの方はこの糸つなぎに心をかよわせて下さったのだろう。

その時は思いもしなかったこのつなぎ糸が、今私も八十歳を目前にしてしみじみと胸にしみる。ありがとう、この糸つかわせていただきます。遠い人にむかって声をかけたい思いだった。その糸の玉をつかい切ると、芯にした古い新聞紙がでてきた。昭和三十五年とかいてあった。長いこと私はこのつなぎ糸にお世話になったのだ。

織りはじめた。水と氷と雪と。色はなく白と黒とグレーの世界、その中にうっすら雪が解けはじめ、あるかなきかの空色が浮ぶ。かめのぞきの水いろをつかう。織りすすむにしたがってあの松島の雪が私の中に降り沈む。あのこまやかな雪の感触まで織の上ににじみ出てくるような気がする。あのつなぎ糸の小さな点線が風となり、波となってリズムをはこんでくる。ほんの一夜の、一瞬の雪景色の中に、今も生きつづけているさまざまの人のいのちを思う。

（二〇〇二年八月）

あとがき

ふりかえってみると、今日まで数冊の本を出しているけれど、自分から計画をたてて書いたというのではなく、いつもここ数年の間に書きためた短いエッセイを編集していただいたようなものばかりである。それは当然といえば当然で染織の仕事が本業なのだから、折にふれて心にとまったことを書いたにすぎないのだが、ここ二、三年自室や、山の家へ行って読んだり、書いたりすることが多くなった。染織に伴う労働について行けない分、自分にそれを許しているのかもしれない。

それが私の晩年のたのしみである。

といっても染めること、織ることは呼吸のように身についているから絶えることなく続けていて、ことに色を染める段になると我しらず興奮する。色が発色する時、まず先に声をあげるのは自分らしく、時には色より先に色が見えてしまう。水の中で揺らぐものに、「それっ」と声をかけているのかもしれない。

先日思い立って、部屋中に蘇芳、紅、茜、紫、藍、緑、くちなし等のそれぞれのグラデーションの色糸をあふれるほど並べてみた。もう一ど自分の色をふりかえってみたいと思ったのである。まだまだ染め足りない。門口に立ったばかりだと私は呆然とした。しかし一方で、これは私の仕事の中心、心臓部だと思った。ここが動いて生ていなければ、私の仕事は無いに等しい、と。

その時何か日本の色が私の中を流れて通ってゆくような気がした。万葉から古今、新古今の歌ごころや、室町、桃山、江戸の絵巻や衣裳、さまざまの色の姿が私の中をとおって、語りかけていった。もし遺すものがあるとすれば色ではないかと、やがて滅びゆく日本の色、という切ない思いもした。

高村光太郎が、「いったんこの世にあらわれた美は滅びない」といったように、その一筋の光の消えないような色を求めたいという願いを、その時色の方から私に呼びかけられたような気がした。かなうならば色について、日本の色についてもう一ど書いてみたいと思っている。

今回数年前より心にかけて編集して下さった長嶋美穂子さんに心より御礼申上ます。
また新鮮な感覚で美しい装幀をして下さいました吉田さんご夫妻にも感謝申上ます。

二〇〇三年一月

志村ふくみ

文庫版あとがき

思えば「ちよう、はたり」を出版してから、あしかけ七年あまりの歳月が流れている。

その間私は病気をして、もう二度と機には向えまい、ペンをとることもできまい、と思っていた。二年あまりの休止のあとに、思いがけず今まで織りためていた小裂《こぎれ》をさまざまに配置してコラージュのようなものをつくりはじめた。それが心身ともの快復につながったのか、ふたたび機にむかい、ペンをもつようになった。深い恩恵を感じる。

人は死ぬまで何かしなくてはいられないのか、今年は早々に大機《おおばた》を動かして広幅の裂を織っている自分におどろいている。併し日々に肉体は衰え、ものを見る眼がおのずとちがっている。いつまでこの春のめざめを感じられるだろうかと。それは八十四歳にもなれば当然のことである。それ故か、自分でもふしぎなほど、ごく些細な普通は目にもとまらない自然の姿に心がさわぐ。

今朝も相国寺の白梅の枝に番《つがい》の鶯がうれしげに飛びまわっていた。そのすぐ傍の竹藪に、数羽の小雀《こすずめ》が囀《さえず》っている。私は思わず微笑して足をとめ、どこかお伽の国にでも迷いこんだかと、体中で芳醇な春の気配に酔っているのを、傍をいそがしげに通勤する自転車の若者は、何なの、という風に揺いでいる私を見すごして走り去る。どこか異界へ少しずつ移り住んでいっているのではあるまいか、など、貪欲にこの世に執着している自分を忘れているわけではないが、ひそかにそんな楽しみも味わっている。

思えば染織の仕事も時代と共に刻々の変化と新たな展開をみせ、打ち捨てられ、とりのこされるものもあり、どこかでは不動の座を固持して堂々と存在しているものもあり、今まで考え及ばなかった領域へ思いがけず発展してゆくものもある。さて、次の時代はどうなってゆくのか、私はなかば傍観的な立場ではあるが、やはり熱い想いをよせずにはいられない。滅ぶものは滅ぶのだとわかっていても、どこか予想もつかないものが芽生えてくる気配を若者の中に感じている。

愛して止まない日本の染織の行く末を、魂魄この世にとどまっても見つづけてゆきたいという思いである。

二〇〇九年三月

志村ふくみ

解説

山口智子

色っぽい人間でありたいなと思う。

人生において忘れたくないもの、それは私にとっては「色気」だ。

女の性のみをあらわにした色気とはまた違う。人としての色気、その存在から匂い立つ知的な香りと麗しい気配。目には見えなくとも、私たちの細胞のミクロの受信器官は、生命体としてそれぞれが発する色彩を、瞬時に感知するのではないだろうか。

しかも、私は深紅がいい純白がいい、とひとり思い込んでもその通りに発色するとはかぎらない。出会いの中で、相手に自ずと感じていただくものが、色気ある人間の「色」というものだろう。

「色はどこから来るのだろう。色とは何なのだろう」

繰り返し沸き起こる内なる声の問いかけに、童女のように純真に果敢に誠実に、自身を映す鏡でもある摩訶不思議な色の迷宮に挑む志村ふくみさん。まるで生まれたての生糸のような、春爛漫の菜の花畑に舞う紋白蝶の羽色のような、初々しくも神々しい光の束のような色彩。私がいつも心奪われるふくみさんが纏う色気は、きよらかで眩しい。

色は、心に届く。色は、世界に降り注がれる光の化身。魂を震わせる宇宙からの寄せ来る波。

もともと色という言葉は、内にあるものが外に匂いでるような趣のことであるという。非の打ちどころのない風流人を「色好み」と称したというから、五感と知性を総動員して感知しようとする先に本当の「色」があるにちがいない。

そして色という字は、男女の情に始まる。人が人を抱き相交わる形の象形であり、感情が高揚することが、即ち「色」。男女にかかわらず、異質なもの、両極のもの同士が出会うところに、抗えないほど強力な磁力が生まれ、反発しつつ強烈に引き合い解け合い色が生まれる。

月と地球の関係も、実はとても色っぽい。

さきごろの満月の宵、志村洋子さんが主宰される工房の作品発表の会にうかがった。その名は「都機《つき》工房」。月の満ち欠けの暦を基に、草木から色を抽出し鉱物で染め上げて紡ぎ、月に寄り添う数多《あまた》の情景をそれぞれの一反に映しだしてゆく。花ほころぶ前の幹に貯えられた桜色、紫紺の根から呼び出す濃き薄き紫、色は植物の精の色だとおっしゃる。樹液が満ち実りを育むサイクルと月の巡りは、色の誕生に深く関わっているのだそうだ。そしてさらに、発色には染料と繊維の仲をとりもつものが必須であるという。その陰の立役者が、生木を燃やしたあとの灰や鉄分を含んだ土、鉱物なのだそうだ。ふと思いあたり、以前どこかで聞きかじった月の話をさせていただいた。

近年の月面の研究から、ひとつの説が浮上している。月と地球の関係が誕生して間もない頃、月の周りに漂う鉱物が一斉に地球を目指し、隕石となって降り注いだ時代があった。宇宙の石は燃える火の玉と化し、まだ海水しか存在しなかった地球に猛進した。そして奇跡は起きた。何千度という熱を帯びた鉱物と海水の元素が合体し、初めて地球にアミノ酸というものが形作られた。つまり生き物の主成分、生命現象を司るタンパク質の誕生だ。私たちの命の鍵は、脈動や体温とは無縁に思える無機質、無生物とされる鉱物が握っているということ。それは新鮮な驚きだった。しかも、元素同士がただ顔を合わせただけでは命の反応は起こらない。身を焦がすほど狂おしい熱情に身を任せて初めて、未知の科学反応が巻き起こる。古代神話がリアルに息づきだすようだ。父なる天と母なる地が契りを交わすところに、雷鳴轟き海は煮えたぎり、そして地球に命が満ちる。

「私たちは星屑なんです」

ふくみさんが力強くおっしゃった。闇に瞬き心に希望を灯す星々こそが私たち。なんてすてきなことだろう。月星が輝く天を見上げる時、いつかは還る場所として言い知れぬ懐かしさを感じる所以は、きっとここにあるのだ。宇宙から届く光の波を浴び、月が操る血潮の干満に導かれ、私たちはそれぞれの個性で、この世に「色」の花を咲かせる使命を担った星々の種子なのだ。

月と地球の付き合いは、およそ46億年。しかし今、互いの距離はちょっとずつ離れ遠ざかっているという。一年に3.8センチ、500億年先まで続くらしい。かつての月は地球により近く、今より遥かに強い潮汐力を地球に投げかけ、劇的な潮の満ち引きで、海から陸へ生きものに進化を迫ったという。月と地球の縁、その未来はいかに。地球がさらに艶やかな色気をたちのぼらせ、燦然と発色し、月をとことん魅了して私たちの隣に引き止めて欲しいと思う。地平から昇るまんまるい月は、大きく大きくあってほしい。

「創らずにはいられない」

生きることと同義として、息をするようにものを創る。地球の迷える星屑たちは、天の北辰のごとく揺るぎないふくみさんの光に、きらきらと続いてゆくだろう。私も季節の巡りに色めいて、宇宙でいちばん色っぽい地球に生まれたミラクルと、美しい色を感じる喜びを、百万光年先まで発してゆきたいと思う。

初出一覧

ちょう、はたり　『裂帖』（求龍堂　二〇〇〇年五月）

I

はじめての着物　「ちくま」（一九九五年五月）

現代における荘厳とは　同（一九九五年七月）

歌ごころ・色　同（一九九五年三月）

絵だけの絵の凄さ　同（一九九五年一月）

ド・ロさま　同（一九九五年九月）

余白のこと　同（一九九五年十一月）

三つの香炉　「母の友」（一九九〇年十二月）

インドへ、まっしぐら　「ちくま」（一九九三年七月）

消し炭と薬味が財産　同（一九九三年八月）

生類の邑すでになし、砂田明さんの死　同（一九九三年九月）

II

物を創るとは汚すことだ　「キルト・ジャパン」（一九九八年一月）

第一作がいちばんいい　同（一九九八年三月）

一冊の本『啄木』　同（一九九八年五月）
古紅梅を染める　同（一九九八年七月）
玉虫厨子　同（一九九八年九月）
湖上観音　同（一九九八年十一月）
求美則不得美　同（一九九九年一月）
孤櫂――再びを春は逝きけり――　同（一九九九年三月）
縁にしたがう　同（一九九九年五月）
裂のゆかり　同（一九九九年七月）
紫のひともと故に…　同（一九九九年九月）
魔法のようにやさしい手　同（一九九九年十一月）
桜を染める　「別冊 山と溪谷 日本列島桜紀行」（二〇〇一年三月）
糸、いとしきもの　「小さい葩61号」（日本のきものを守る会刊　一九九九年初夏）
自然という書物　「思想」（一九九九年十二月）
未知への旅　「キルト・ジャパン」（二〇〇一年一月）
織、旅、読むこと　「学燈」（二〇〇〇年十一月）
色彩という通路をとおって　「ユリイカ」（二〇〇〇年五月）
文学者と画家の歌　「古今」（二〇〇〇年春号）
嵯峨だより――宇佐見英治さんへの手紙――　「同時代51」（一九八八年）

Ⅲ
もえぎ色の海　「京都新聞　現代のことば」（一九九九年七月二日）
「葬」「月」「鋸」　同（一九九九年八月三十日）
衣鉢ということ　同（二〇〇〇年一月七日）
難波田龍起さんのこと　同（二〇〇〇年三月七日）
花の民　同（二〇〇〇年七月十八日）
この夏の思い　同（二〇〇〇年九月十三日）
敦煌黄葉　同（二〇〇〇年十一月十七日）
苦海はつづく　同（二〇〇一年一月二十四日）
雪の毛越寺　同（二〇〇一年三月二十一日）
たまゆらの道　「朝日新聞　時のかたち」（二〇〇二年一月）
Ⅳ
朱の仏　書き下ろし
能見日記　夏から秋へ　書き下ろし
山里のはなし　書き下ろし
刺衲七条袈裟のこと　書き下ろし
不知火　書き下ろし

本書は二〇〇三年三月二十五日、筑摩書房より刊行された。

尾崎翠集成（上・下） 尾崎翠 中野翠 編

鮮烈な作品を残し、若き日に音信を絶った謎の作家・尾崎翠。時間と共に新たな輝きを加えてゆくその文学世界を集成する。

クラクラ日記 坂口三千代

戦後文壇を華やかに彩った無頼派の雄・坂口安吾との、嵐のような生活を妻の座から愛と悲しみをもって描く回想記。巻末エッセイ＝松本清張

甘い蜜の部屋 森茉莉

天使の美貌、無意識の媚態。薔薇の蜜で男たちを溺れ死なせていく少女モイラと父親の濃密な愛の部屋。稀有なロマネスク。（矢川澄子）

貧乏サヴァラン 森茉莉 早川暢子 編

オムレット、ボルドオ風茸料理、野菜の牛酪煮……。食いしん坊茉莉は料理自慢。香り豊かな〃茉莉ことば〃で綴られる垂涎の食エッセイ。文庫オリジナル。

ことばの食卓 武田百合子 野中ユリ・画

なにげない日常の光景やキャラメル、枇杷など、食べものに関する昔の記憶と思い出を感性豊かな文章で綴ったエッセイ集。（種村季弘）

遊覧日記 武田百合子 武田花・写真

行きたい所へ行きたい時に、つれづれに出かけてゆく。一人で。または二人で。あちらこちらを遊覧しながら綴ったエッセイ集。（巖谷國士）

わたしは驢馬に乗って下着をうりにゆきたい 鴨居羊子

新聞記者から下着デザイナーへ。斬新で夢のある下着を世に送り出し、下着ブームを巻き起こした女性起業家の悲喜こもごも。（近代ナリコ）

神も仏もありませぬ 佐野洋子

還暦……もう人生おりたかった。でも春のきざしの蕗の薹に感動する自分がいる。意味なく生きても人は幸せなのだ。第3回小林秀雄賞受賞。（長嶋康郎）

問題があります 佐野洋子

中国で迎えた終戦の記憶から極貧の美大生時代、読まずにいられない本の話など。単行本未収録作品を追加した、愛と笑いのエッセイ集。（長嶋有）

老いの楽しみ 沢村貞子

八十歳を過ぎ、女優引退を決めた著者が、日々の思いを綴る。齢にさからわず、「なみ」に、気楽に、と過ごす時間に楽しみを見出す。（山崎洋子）

色を奏でる 志村ふくみ・文 井上隆雄・写真

色と糸と織――それぞれに思いを深めて織り続ける染織家にして人間国宝の著者の、エッセイと鮮かな写真が織りなす豊醇な世界。オールカラー。

遠い朝の本たち 須賀敦子

一人の少女が成長する過程で出会い、愛しんだ文学作品の数々を、記憶に深く残る人びとの想い出とともに描くエッセイ。（末盛千枝子）

性分でんねん 田辺聖子

あわれにもおかしい人生のさまざま、また書物の愉しみのあれこれ。硬軟自在の名手、お聖さんの切口がますます冴えるエッセー。（氷室冴子）

「赤毛のアン」ノート 高柳佐知子

アンの部屋の様子、グリーン・ゲイブルズの自然、アヴォンリーの地図など、アン心酔の著者がカラー絵と文章で紹介。書き下ろしを増補しての文庫化。

おいしいおはなし 高峰秀子編

向田邦子、幸田文、山田風太郎……著名人23人の美味な思い出。文学や芸術にも造詣が深かった往年の大女優・高峰秀子が厳選した珠玉のアンソロジー。

うつくしく、やさしく、おろかなり 杉浦日向子

生きることを楽しもうとしていた江戸人たち。彼らの紡ぎ出した文化にとことん惚れ込んだ著者がその思いの丈を綴った最後のラブレター。（松田哲夫）

るきさん 高野文子

のんびりしていてマイペース、だけどどっかヘンテコな、るきさんの日常生活って？　独特な色使いが光るオールカラー。ポケットに一冊どうぞ。

それなりに生きている 群ようこ

日当たりの良い場所を目指して仲間を蹴落とすカメ、迷子札をつけているネコ、自己管理している犬。文庫化に際し、二篇を追加して贈る動物エッセイ。

玉子ふわふわ 早川茉莉編

国民的な食材の玉子、むきむきで抱きしめたい！　森茉莉、武田百合子、吉田健一、山本精一、宇江佐真理ら37人が綴る玉子にまつわる悲喜こもごも。

なんたってドーナツ 早川茉莉編

貧しかった時代の手作りおやつ、日曜学校で出合った素敵なお菓子、毎朝宿泊客にドーナツを配るホテル、哲学させる穴……。文庫オリジナル。

こころ　夏目漱石
友を死に追いやった「罪の意識」によって、ついには人間不信にいたる悲惨な心の暗部を描いた傑作。詳しく利用しやすい語注付。（小森陽一）

美食倶楽部　谷崎潤一郎大正作品集　種村季弘編
表題作をはじめ耽美と猟奇、幻想と狂気……官能的な文体によるミステリアスなストーリーの数々。大正期谷崎文学の初の文庫化。種村季弘編で贈る。

三島由紀夫レター教室　三島由紀夫
五人の登場人物が巻き起こす様々な出来事を手紙で綴る。恋の告白・借金の申し込み・見舞状等、一風変ったユニークな文例集。（群ようこ）

命売ります　三島由紀夫
自殺に失敗し、「命売ります。お好きな目的にお使い下さい」という突飛な広告を出した男のもとに、現われたのは？（種村季弘）

方丈記私記　堀田善衞
中世の酷薄な世相を覚めた眼で見続けた鴨長明。その人間像を自己の戦争体験に照らして語りつつ現代日本文化の深層をつく。巻末対談＝五木寛之

小説　永井荷風　小島政二郎
荷風を熱愛し、「十のうち九までは礼讃の誠を連ねた中に、ホンの一つ」批判を加えたことで終生の恨みをかってしまった作家の傑作評伝。（加藤典洋）

てんやわんや　獅子文六
戦後のどさくさに慌てふためくお人好し犬丸順吉は社長の特命で四国へ身を隠すが、そこは想像もつかない楽園だった。しかしそこは……。（平松洋子）

娘と私　獅子文六
文豪、獅子文六が作家としても人間としても激動の時間を過ごした昭和初期から戦後、愛娘の成長とともに自身の半生を描いた亡き妻に捧げる自伝小説。

江分利満氏の優雅な生活　山口瞳
卓抜な人物描写と世態風俗の鋭い観察によって昭和一桁世代の悲喜劇を鮮やかに描き、高度経済成長期前後の一時代をくっきりと刻む。（小玉武）

落穂拾い・犬の生活　小山清
明治の匂いの残る浅草に育ち、純粋無比の作品を遺して短い生涯を終えた小山清。いまなお新しい、清らかな祈りのような作品集。（三上延）

せどり男爵数奇譚　梶山季之

せどり＝掘り出し物の古書を安く買って高く転売することを業とすること。古書の世界に魅入られた人々を描く傑作ミステリー。（永江朗）

川三部作 泥の河／螢川／道頓堀川　宮本輝

太宰賞「泥の河」、芥川賞「螢川」、そして「道頓堀川」と、川を背景に独自の抒情をこめて創出した、宮本文学の原点をなす三部作。

私小説 from left to right　水村美苗

12歳で渡米し滞在20年目を迎えた「美苗」。アメリカにも溶け込めず、今の日本にも違和感を覚え……。本邦初の横書きバイリンガル小説。

ラピスラズリ　山尾悠子

言葉の海が紡ぎだす、〈冬眠者〉と人形と、春の目覚めの物語。不世出の幻想小説家が20年の沈黙を破り発表した連作長篇。補筆改訂版。（千野帽子）

増補 夢の遠近法　山尾悠子

「誰かが私に言ったのだ／世界は言葉でできていると」。誰も夢見たことのない世界が、ここではじめて言葉になった。新たに二篇を加えた増補決定版。

兄のトランク　宮沢清六

兄・宮沢賢治の生と死をそのかたわらでみつめ、兄の死後も烈しい空襲や散佚から遺稿類を守りぬいてきた実弟が綴る、初のエッセイ集。

真鍋博のプラネタリウム　真鍋博　星新一

名コンビ真鍋博と星新一。二人の最初の作品『おーい　でてこーい』他、星作品に描かれた挿絵と小説冒頭をまとめた幻の作品集。（真鍋真）

鬼譚　夢枕獏編著

夢枕獏がジャンルにとらわれず、古今の「鬼」にまつわる作品を蒐集した傑作アンソロジー。坂口安吾、手塚治虫、山岸凉子、筒井康隆、馬場あき子、他。

茨木のり子集 言の葉（全3冊）　茨木のり子

しなやかに凜と生きた詩人の歩みの跡を、詩とエッセイで編んだ自選作品集。単行本未収録の作品なども収め、魅力の全貌をコンパクトに纏める。

言葉なんかおぼえるんじゃなかった　田村隆一・語り　長薗安浩・文

戦後詩を切り拓き、常に詩の最前線で活躍し続けた伝説の詩人・田村隆一が若者に向けて送る珠玉のメッセージ。代表的な詩25篇も収録。（穂村弘）

沈黙博物館　小川洋子

「形見じゃ」老婆は言った。死の完結を阻止するために形見が盗まれる。死者が残した断片をめぐるやさしくスリリングな物語。（堀江敏幸）

星間商事株式会社社史編纂室　三浦しをん

二九歳「腐女子」川田幸代、社史編纂室所属。恋の行方も友情の行方も五里霧中。仲間と共に「同人誌」を武器に社の秘められた過去に挑む!?（金田淳子）

通天閣　西加奈子

このしょーもない世の中に、救いようのない人生に、ちょっぴり暖かい灯を点す驚きと感動の物語。第24回織田作之助賞大賞受賞作。（津村記久子）

この話、続けてもいいですか。　西加奈子

ミッキーこと西加奈子の目を通すと世界はワクワク、ドキドキ輝く。いろんな人、出来事、体験がてんこ盛りの豪華エッセイ集！（中島たい子）

水辺にて　梨木香歩

川のにおい、風のそよぎ、木々や生き物の息づかい。カヤックで水辺に漕ぎ出すと見えてくる世界を、物語の予感いっぱいに語るエッセイ。（酒井秀夫）

ピスタチオ　梨木香歩

棚（たな）がアフリカを訪れたのは本当に偶然だったのか。不思議な出来事の連鎖から、水と生命の壮大な物語「ピスタチオ」が生まれる。（管啓次郎）

冠・婚・葬・祭　中島京子

人生の節目に、起こったこと、出会ったひと、考えたこと。冠婚葬祭を切り口に、鮮やかな人生模様が描かれる。第143回直木賞作家の代表作。（瀧井朝世）

図書館の神様　瀬尾まいこ

赴任した高校で思いがけず文芸部顧問になってしまった清（きよ）。そこでの出会いが、その後の人生を変えてゆく。鮮やかな青春小説。（山本幸久）

僕の明日を照らして　瀬尾まいこ

中2の隼太に新しい父が出来た。優しい父はしかしDVする父でもあった。この家族を失いたくない！隼太の闘いと成長の日々を描く。（岩宮恵子）

君は永遠にそいつらより若い　津村記久子

22歳処女。いや「女の童貞」と呼んでほしい——。日常の底に潜むうっすらとした悪意を独特の筆致で描く。第21回太宰治賞受賞作。（松浦理英子）

アレグリアとは仕事はできない　津村記久子

彼女はどうしようもない性悪だった。すぐ休み単純労働をバカにし男性社員に媚を売る。大型コピー機とミノベとの仁義なき戦い！　（千野帽子）

こちらあみ子　今村夏子

太宰治賞と三島由紀夫賞、ダブル受賞を果たした異才、衝撃のデビュー作。3年半ぶりの書き下ろし「チズさん」を収録。　（町田康／穂村弘）

すっぴんは事件か？　姫野カオルコ

女性用エロ本におけるオカズ職業は？　本当の小悪魔とはどんなオンナか？　世間にはびこる甘ったれた「常識」をほじくり鉄槌を下すエッセイ集。

絶叫委員会　穂村弘

町には、偶然生まれては消えてゆく無数の詩が溢れている。不合理でナンセンスで真剣だからこそ可笑しい、天使的な言葉たちへの考察。　（南伸坊）

ねにもつタイプ　岸本佐知子

何となく気になることにこだわる、ねにもつ。思索、奇想、妄想はばたく脳内ワールドをリズミカルな名短文でつづる。第23回講談社エッセイ賞受賞。

杏のふむふむ　杏

連続テレビ小説「ごちそうさん」で国民的な女優となった杏が、それまでの人生を、人との出会いをテーマに描いたエッセイ集。　（村上春樹）

うれしい悲鳴をあげてくれ　いしわたり淳治

作詞家、音楽プロデューサーとして活躍する著者の小説＆エッセイ集。彼が「言葉」を紡ぐと誰もが楽しめる「物語」が生まれる。　（鈴木おさむ）

つむじ風食堂の夜　吉田篤弘

それは、笑いのこぼれる夜。――食堂は、十字路の角にぽつんとひとつ灯をともしていた。クラフト・エヴィング商會の物語作家による長篇小説。

小路幸也少年少女小説集　小路幸也

「東京バンドワゴン」で人気の著者による子供たちを主人公にした作品集。多感な少年期の姿を描き出す。単行本未収録作を多数収録。文庫オリジナル。

包帯クラブ　天童荒太

傷ついた少年少女達は、戦わないかたちで自分達の大切なものを守ることにした。生きがたいと感じるすべての人に贈る長篇小説。大幅加筆して文庫化。

名短篇、ここにあり　北村薫・宮部みゆき編

読み巧者の二人の議論沸騰し、選びぬかれたお薦め小説12篇。となりの宇宙人／冷たい仕事／隠し芸の男／少女架刑／あしたの夕刊／網／誤訳ほか。

名短篇、さらにあり　北村薫・宮部みゆき編

小説って、やっぱり面白い。人間の愚かさ、不気味さ、人情が詰まった奇妙な12篇。華燭／骨／雲の小径／押入の中の鏡花先生／不動図／鬼火／家霊ほか。

読まずにいられぬ名短篇　北村薫・宮部みゆき編

松本清張のミステリを倉本聰が時代劇に⁉ あの作家の知られざる逸品からオチの読めない怪作まで厳選の18作。北村・宮部の解説対談付き。

教えたくなる名短篇　北村薫・宮部みゆき編

宮部みゆきを驚嘆させた、時代に埋もれた名作家・長谷川修の世界とは？ 人生の悲喜こもごもが詰まった珠玉の13作。北村・宮部の解説対談付き。

世界幻想文学大全
幻想文学入門　東雅夫編著

幻想文学のすべてがわかるガイドブック。澁澤龍彦、中井英夫、カイヨワ等の幻想文学案内のエッセイも収録し、資料も充実。初心者も通も楽しめる。

世界幻想文学大全
怪奇小説精華　東雅夫編

ルキアノスから、デフォー、メリメ、ゴーチエ、ゴーゴリ……時代を超えたベスト・オブ・ベスト。岡本綺堂、芥川龍之介等の名訳も読みどころ。

日本幻想文学大全
幻妖の水脈　東雅夫編

『源氏物語』から小泉八雲、泉鏡花、江戸川乱歩、都筑道夫……。妖しさ蠢く日本幻想文学、ボリューム満点のオールタイムベスト。

日本幻想文学大全
幻視の系譜　東雅夫編

世阿弥の謡曲から、小川未明、夢野久作、宮沢賢治、中島敦、吉村昭……。幻視の閃きに満ちた日本幻想文学の逸品を集めたベスト・オブ・ベスト。

60年代日本SFベスト集成　筒井康隆編

「日本SF初期傑作集」とでも副題をつけるべき作品集である(編者)。二十世紀日本文学のひとつの里程標となる歴史的アンソロジー。（大森望）

70年代日本SFベスト集成1　筒井康隆編

日本SFの黄金期の傑作を、同時代にセレクトした記念碑的アンソロジー。SFに留まらず「文学の新しい可能性」を切り開いた作品群。（荒巻義雄）

整体入門　野口晴哉

日本の東洋医学を代表する著者による初心者向け野口整体のポイント。体の偏りを正す基本の「活元運動」から目的別の運動まで。（伊藤桂一）

風邪の効用　野口晴哉

風邪は自然の健康法である。風邪をうまく経過すれば体の偏りを修復できる。風邪を通して人間の心と体を見つめた、著者代表作。（伊藤桂一）

整体から見る気と身体　片山洋次郎

「整体」は体の歪みの矯正ではなく、歪みを活かしてのびのびした体にする。老いや病はプラスにもなる。滔々と流れる生命観。よしもとばなな氏絶賛！

大和なでしこ整体読本　三枝誠

体が変われば、心も変わる。「野口整体」「養神館合気道」などをベースに多くの身体を観てきた著者が、簡単に行える効果抜群の健康法を解説。

東洋医学セルフケア365日　長谷川淨潤

風邪、肩凝り、腹痛など体の不調を自分でケアできる方法満載。整体、ヨガ、自然療法等に基づく呼吸法、運動等で心身が変わる。索引付。必携！

身体能力を高める「和の所作」　安田登

なぜ能楽師は80歳になっても颯爽と舞うことができるのか？「すり足」「新聞パンチ」等のワークで大腰筋を鍛え集中力をつける。（内田樹）

わたしが輝くオージャスの秘密　服部みれい　蓮村誠監修

インドの健康法アーユルヴェーダでオージャスとは生命エネルギーのこと。オージャスを増やして元気で魅力的な自分になろう。モテる！　願いが叶う！

身体感覚を磨く12カ月　松田恵美子

冬は蒸しタオルで首を温め、梅雨時は息を吐き切る練習をする。ヨーガや整体の技を取り入れたセルフケアで元気になる。鴻上尚史氏推薦。

もの食う本　木村衣有子　武藤良子・絵

四十冊の「もの食う」本たち。文学からノンフィクション、生活書、漫画まで、白眉たる文章を抜き出し咀嚼し味わう一冊。

Land Land Land　岡尾美代子

旅するスタイリストは世界中でかわいいものを見つけます。旅の思い出とプライベートフォトをA(airplane)からZ(zoo)まで集めたキュートな本。

買えない味　平松洋子

一晩寝かしたお芋の煮っころがし、土瓶で淹れた番茶、風にあてた干し豚の滋味……日常の中にこそある、おいしさを綴ったエッセイ集。（中島京子）

味覚日乗　辰巳芳子

春夏秋冬、季節ごとの恵み香り立つ料理歳時記。日々のあたりまえの食事を、自らの手で生み出す喜びと呼吸を、名文章で綴る。（藤田千恵子）

諸国空想料理店　高山なおみ

注目の料理人の第一エッセイ集。世界各地で出会った料理をもとに空想力を発揮して作ったレシピ。よしもとばなな氏も絶賛。（南椌椌）

くいしんぼう　高橋みどり

高望みはしない。ゆでた野菜を盛るくらい。でもごはんはちゃんと炊く。料理する、食べる、それを繰り返す、読んでおいしい生活の基本。（高山なおみ）

わたしの日常茶飯事　有元葉子

毎日のお弁当の工夫、気軽にできるおもてなし料理、見せる収納法やあっという間にできる掃除術など。これで暮らしがぐっと素敵に！（村上卿子）

イギリス人の知恵に学ぶ「これだけはしてはいけない」夫婦のルール　ブランチ・エバット　井形慶子監訳

一九一三年に刊行され、イギリスで時代を超えて読み継がれてきたロングセラーの復刻版。現代の日本でも妙に納得できるところが不思議。

寄り添って老後　沢村貞子

長年連れ添った夫婦が老いと向き合い毎日を心豊かに暮らすには――。浅草生まれの女優・沢村貞子さんの晩年のエッセイ集。（森まゆみ）

小津ごのみ　中野翠

小津監督は自分の趣味・好みを映画に最大限取り入れた。インテリア、雑貨、俳優の顔かたち、仕草や口調、会話まで。斬新な小津論。（与那原恵）

言葉を育てる 米原万里対談集　米原万里

この毒舌が、もう聞けない……類い稀なる言葉の遣い手、米原万里さんの最初で最後の対談集。VS.林真理子、児玉清、田丸公美子、糸井重里ほか。

湯ぶねに落ちた猫　吉行理恵　小島千加子編

「猫を看取ってやれて良かった」。愛する猫たちを題材にした随筆、小説、詩で編む、猫と詩人の優しい空間。文庫オリジナル。（浅生ハルミン）

ぼくは散歩と雑学がすき　植草甚一

1970年、遠かったアメリカ。その風俗、映画、本、音楽から政治までをフレッシュな感性と膨大な知識、貪欲な好奇心で描き出す代表エッセイ集。

こんなコラムばかり新聞や雑誌に書いていた　植草甚一

ヴィレッジ・ヴォイスから筒井康隆まで夜を徹して読書三昧。大評判だった中間小説研究も収録したJ・J式ブックガイドで「本の読み方」を大公開！

快楽としての読書 日本篇　丸谷才一

読めば書店に走りたくなる最高の読書案内。小説からエッセー、詩歌、批評まで、丸谷書評の精髄を集めた魅惑の20世紀図書館。（湯川豊）

快楽としての読書 海外篇　丸谷才一

ホメロスからマルケス、クンデラ、カズオ・イシグロ、そしてチャンドラーまで、古今の海外作品を熱烈に推薦する20世紀図書館第二弾。（鹿島茂）

みみずく偏書記　由良君美

才気煥発で博識、愛書家で古今東西の書物に通じた著者が、書狼に徹し書物を漁りながら、読書の醍醐味を多面的に物語る。（富山太佳夫）

素湯《さゆ》のような話　岩本素白　早川茉莉編

暇さえあれば独り街を歩く、路地裏に入り思わぬ発見をする。自然を愛でる心や物を見る姿勢は静謐な文章となり心に響く。（伴悦／山本精一）

旅に出る ゴトゴト揺られて本と酒　椎名誠

旅の読書は、漂流モノと無人島モノと一点こだわりガンコ本！　本と旅とそれから派生していく自由な思いのつまったエッセイ集。（竹田聡一郎）

昭和三十年代の匂い　岡崎武志

テレビ購入、不二家、空地に土管、トロリーバス、くみとり便所、少年時代の昭和三十年代の記憶をたどる。巻末に岡田斗司夫氏との対談を収録。

本と怠け者　荻原魚雷

日々の暮らしと古本を語り、古書に独特の輝きを与えた「ちくま」好評連載「魚雷の眼」を、一冊にまとめた文庫オリジナルエッセイ集。（岡崎武志）

増補版 誤植読本　高橋輝次編著

本と誤植は切っても切れない⁉　恥ずかしい打ち明け話や、校正をめぐるあれこれなど、作家たちが本音を語り出す。作品42篇収録。（堀江敏幸）

パンツの面目 ふんどしの沽券　米原万里

キリストの下着はパンツか腰巻か？ 幼い日にめばえた疑問を手がかりに、人類史上の謎に挑んだ、抱腹絶倒&禁断のエッセイ。（井上章一）

ひと皿の記憶　四方田犬彦

諸国を遍歴した著者が、記憶の果てにぼんやりと光るひと皿をたぐりよせ、追憶の味（あるいは、はたせなかった憧れの味）を語る。書き下ろしエッセイ。

妊娠小説　斎藤美奈子

『舞姫』から『風の歌を聴け』まで、望まれない妊娠を扱った一大小説ジャンルが存在している――意表をついた指摘の処女評論。（金井景子）

趣味は読書。　斎藤美奈子

気鋭の文芸評論家がベストセラーを読む。『大河の一滴』から『えんぴつで奥の細道』まで、目から鱗の分析がいっぱい。文庫化にあたり大幅加筆。

あんな作家 こんな作家 どんな作家　阿川佐和子

聞き上手の著者が松本清張、吉行淳之介、田辺聖子、藤沢周平ら57人に取材した。その鮮やかな手口に思わず作家は胸の内を吐露。（清水義範）

向田邦子との二十年　久世光彦

あの人は、あり過ぎるくらいあった始末におえない胸の中のものを誰にだって、一言も口にしない人だった。時を共有した二人の世界。（新井信）

「下り坂」繁盛記　嵐山光三郎

人の一生は、「下り坂」をどう楽しむかにかかっている。真の喜びや快感は「下り坂」にあるのだ。あちこちにガタがきても、愉快な毎日が待っている。

笑う子規　正岡子規＋天野祐吉＋南伸坊

「弘法は何と書きしぞ筆始」「猫老て鼠もとらず置火燵」。天野さんのユニークなコメント、南さんの豪快な絵を添えて贈る愉快な子規句集。（関川夏央）

将棋 自戦記コレクション　後藤元気編

対局者自身だからこそ語りえる戦いの機微と将棋の深み。巨匠たち、トップ棋士の若き日からアマチュア強豪までを収録。文庫オリジナルアンソロジー。

将棋エッセイコレクション　後藤元気編

プロ棋士、作家、観戦記者からウェブ上での書き手まで――「言葉」によって、将棋をより広く、深く、鮮やかに楽しむ可能性を開くための名編を収録。

間取りの手帖　remix　佐藤和歌子

世の中にこんな奇妙な部屋が存在するとは！　間取りと一言コメント。文庫化に当たり、間取りとコラムを追加し著者自身が再編集。（南伸坊）

土屋耕一のガラクタ箱　土屋耕一

広告の作り方から回文や俳句まで、「ことば」を操り、瑞々しい世界を見せるコピーライター土屋耕一のエッセンスが凝縮された一冊。（松家仁之）

絵本ジョン・レノンセンス　ジョン・レノン　片岡義男／加藤直訳

ビートルズの天才詩人による詩とミニストーリーと絵。言葉遊び、ユーモア、風刺に満ちたファンタジー。原文付。序文＝Ｐ・マッカートニー。

グ リ ン プ ス　ルイス・シャイナー　小川隆訳

ドアーズ、ビーチ・ボーイズ、ジミヘンにビートルズ。幻のアルバムを求めて60年代へタイムスリップ。ロックファンに誉れ高きＳＦ小説が甦る。

映画は父を殺すためにある　島田裕巳

〝通過儀礼〟で映画を分析することで、隠されたメッセージを読み取ることができる。宗教学者が教える、ますます面白くなる映画の見方。（町山智浩）

ＵＳＡカニバケツ　町山智浩

大人気コラムニストが贈る怒濤のコラム集！　スポーツ、ＴＶ、映画、ゴシップ、犯罪……。知られざるアメリカのＢ面を暴き出す。（デーモン閣下）

ファビュラス・バーカー・ボーイズの地獄のアメリカ観光　町山智浩　柳下毅一郎

ラス・メイヤーから殺人現場まで、バカバカしくも業の深い世紀末アメリカをゴシップ満載の漫才トークでご案内。ＦＢＢのデビュー作。（三留まゆみ）

オタク・イン・ＵＳＡ　パトリック・マシアス　町山智浩編訳

全米で人気爆発中の日本製オタク・カルチャー。しかしそれらが受け入れられるまでには、大いなる誤解と先駆者たちの苦闘があった――。（町山智浩）

戦闘美少女の精神分析　斎藤環

ナウシカ、セーラームーン、綾波レイ……「戦う美少女」たちは、日本文化の何を象徴するのか。「おたく」「萌え」の心理的特性に迫る。（東浩紀）

増補　エロマンガ・スタディーズ　永山薫

制御不能の創造力と欲望で数多の名作・怪作を生んできた日本エロマンガ。多様化の歴史と主要ジャンルを網羅した唯一無二の漫画入門。（東浩紀）

ちくま文庫

ちょう、はたり

二〇〇九年四月十日　第一刷発行
二〇一六年四月二十日　第二刷発行

著者　志村ふくみ（しむら・ふくみ）
発行者　山野浩一
発行所　株式会社　筑摩書房
東京都台東区蔵前二―五―三　〒一一一―八七五五
振替〇〇一六〇―八―四一二三
装幀者　安野光雅
印刷所　株式会社精興社
製本所　株式会社積信堂

筑摩書房サービスセンター
埼玉県さいたま市北区櫛引町二―六〇四　〒三三一―八五〇七
電話番号　〇四八―六五一―〇〇五三

ISBN978-4-480-42386-3 C0195